6 potes pour toujours

SOPHIE LAROCHE

hachette
ROMANS

Hachette Livre, 58 rue Jean Bleuzen, 92170 Vanves.

Pour Thomas,

Au lycéen facétieux que tu as été,

au médecin consciencieux que tu seras.

ONZIÈME !!!

Alie est une adolescente jolie, pétillante, bien dans sa tête, bien dans son corps ou presque, qui adore qu'on l'adore, très à l'affût de la mode, des dernières musiques et des dernières tendances. Rien à voir avec son très solennel vrai prénom… Aliénor, comme Aliénor d'Aquitaine, reine de France. Elle doit ça à son père, prof d'histoire. Ses copines ont beau la charrier en lui répétant que, si son père avait été prof de maths, elle se serait appelée Équation ou Trigono, ça ne la console pas.

BEVERLY n'a de californien que le prénom : c'est une petite brune, à la coupe carrée comme son esprit, qui a besoin de comprendre et de savoir avant d'apprécier. Dans tous les domaines, ce qui ne lui simplifie pas la vie. Sa mère, fan de la série *Beverly Hills* quand elle était jeune, rêvait d'avoir des jumeaux pour les appeler Brandon et Brenda. Elle n'a eu qu'une fille ; Beverly n'arrive pas à décider si finalement c'est mieux ou non.

Marie ? Zoé ? Les parents de Marie-Zoé n'aimaient pas le même prénom. Ils ont passé les deux derniers mois de la grossesse à se demander si leur fille s'appellerait Marie-Zoé ou Zoé-Marie, pour finalement tirer au sort en salle de travail. Mazo, comme la surnomment ses copines, est toujours prête à aider les autres. Même si elle le paie cher.

Léa s'appelle Léa parce que sa mère a adoré l'histoire d'amour de Léa Delmas avec le mystérieux François dans le roman de Régine Deforges *La Bicyclette bleue*. Pendant des années, Léa en a voulu à sa mère pour son manque d'originalité. Ce livre a dû avoir un sacré succès, car elle a toujours compté au minimum deux autres Léa dans sa classe, le chiffre étant même monté à sept en cinquième. Puis, cet été, Léa, qui s'ennuyait ferme chez ses grands-parents, a lu ce fichu bouquin (il traînait dans l'ancienne chambre de sa mère), et elle se demande depuis si celle-ci n'a pas préféré les scènes assez chaudes du livre à la romance – assez niaise, il faut bien le dire. Parce que Léa, elle, y a été sensible…

Solal espère que, quand il passera le bac, l'option « jeux vidéo » sera enfin au programme. Lui doit son prénom au héros d'un livre de plus de cinq cents pages qui ne parle que d'amour… Il a feuilleté une fois ce volumineux *Belle du Seigneur*, mais l'a vite refermé.

Louis s'appelle Louis, comme son grand-père. Aucune histoire à raconter ! Vacances de printemps tous les ans à l'île Maurice, nouveau smartphone à chaque sortie Apple, ce collégien a déjà tout mais en veut toujours plus.

Presque trois ans après la fin de leur classe de seconde[1]...

Deux ans, neuf mois et vingt-deux jours exactement, tient à préciser Beverly (non, elle n'a pas changé ; enfin pas vraiment...).

1. À lire ou relire dans *6 Potes en 2de.*

Louis

Vendredi 20 avril, le soir

Et les autres filles, perfides petites saintes,
M'auraient tondu les cheveux à une autre époque.
Celles qui ont l'habitude qu'on les cajole
Ignorent la solitude que rien ne console.

Bénabar
Je suis de celles

Sans doute aurait-il pu – aurait-il dû – louper son train pour elle. C'est seulement une fois installé que Louis y songe. (Toujours le siège près de la vitre.) L'interpeller, lui proposer d'aller boire un verre. Les cafés sont nombreux autour de la gare de Lille-Flandres. Il serait rentré par le train suivant.

Certes, mais il serait arrivé tard, et cela aurait stressé sa mère, déjà remontée comme une pendule par la réception prévue demain midi. Mme Blondel a cinquante ans. Et cinquante invités pour l'occasion. Que des plats faits maison, même les pâtes à tarte. La mère de Louis vit dans un autre monde, son fils l'a compris depuis longtemps. Et c'est comme cela qu'il l'aime.

De toute façon, ce train est le dernier qui va jusqu'à Boulogne-sur-Mer, lui semble-t-il. S'il ne l'avait pas eu, Louis aurait dû passer la nuit à Lille.

Océane a changé. Voilà ce que le jeune homme a pensé quand il l'a aperçue. Le pas alerte, elle traversait le hall de la gare vers la station de métro. Apparemment, elle ne rentrait pas ce week-end.

La jeune fille semblait plus jolie, plus sereine. Plus à sa place : voilà, c'est ça, précisément. Océane a toujours été séduisante. Ses formes voluptueuses mais harmonieuses (traduisez en langage mec : elle n'est pas grosse, elle est juste appétissante) ont fait tourner plus d'une tête. Jamais très longtemps. Océane ne laissait pas un garçon affamé traîner devant la vitrine, elle l'invitait toujours à entrer.

Louis lui-même…

La tête collée contre la vitre du train, l'étudiant se remémore malgré lui cette première fois. Lui aussi a abandonné sa virginité entre les bras d'Océane. Un premier rapport hâtif, un chaud après-midi d'août, dans la chambre de la jeune fille. Océane était expérimentée et ses compétences ont ravi le jeune amant. Au moment de partir, il a bien noté son hésitation. Attendait-elle quelque chose ? Le début d'une relation ? Il a joué celui qui ne comprenait pas, a quand même lancé :

— On se revoit bientôt au lycée !

Et l'a soigneusement évitée à la rentrée. Dieu merci, Océane ne s'est pas vantée. Comment auraient réagi ses potes s'ils avaient su cela ?

Beverly l'aurait assommé de questions pratiques.

Mazo lui aurait fait la leçon sur cette pauvre fille abusée.

Léa aurait rétorqué qu'elle était chaque fois consentante.

Alie l'aurait charrié : « Un beau gosse comme toi, tu fais tes premiers pas d'homme dans une chaussure usagée ! » Voilà bien le genre de vanne dont elle était capable, Alie…

Et Solal ? À l'époque, leur copain ne s'intéressait pas encore au sexe. Il faut dire… c'était il y a une éternité. C'était il y a presque quatre ans. C'était avant.

« Bienvenue à bord de notre TGV 7277 à destination de Boulogne-Ville. Il desservira la gare de Calais-Fréthun. Arrivée prévue à Boulogne-Ville à 20 h 23. »

Et merde, un passager vient de prendre place à côté de lui. Louis aime voyager seul. Coup d'œil faussement coupable à son sac, balancé en montant à bord dans le porte-bagages au-dessus de son siège. L'étudiant avait prévu de travailler pendant le voyage, il y renonce : il ne va quand même pas déranger son voisin pour prendre ses cours. Depuis qu'il a intégré sa prépa éco, il étudie très sérieusement. Pas autant que la plupart des *no life* qui constituent sa classe, mais beaucoup quand même. Il vise l'EDHEC et s'en donne les moyens. Pas de doute, il a changé.

Solal, au secours, je pense comme un vieux !

En classe de première S, Louis voulait tenter le concours de l'École vétérinaire. Pas qu'il soit particulièrement attendri par les petits chiens à leur mémère ou attiré par l'insémination des vaches, non. Il avait un grand projet, il allait développer carrément un nouveau concept : vétérinaire esthétique. L'ambitieux lycéen en était persuadé, il y avait beaucoup d'argent à se faire. Il suffisait pour cela d'aller s'installer dans les quartiers huppés de la capitale, ou à Nice. Larguer Boulogne-sur-Mer pour Paris ou la Côte d'Azur, ça ne le dérangeait pas. Même son père, très attaché à son entreprise de salaison, l'y poussait.

Puis il avait changé d'avis. Ou, plus exactement, Beverly l'avait fait changer d'avis.

***

— Tu vas vraiment faire toute ta vie un métier qui t'intéresse pas juste pour gagner beaucoup d'argent ?

— Ben ouais…

— Mais Louis… Comment dire… (Beverly rougit.) Il y a déjà beaucoup d'argent dans ta famille, non ? Ce n'est pas comme si tu rêvais de conduire une BMW ou de découvrir l'île Maurice.

***

Louis avait réfléchi. Certes, il n'avait pas envie d'avoir toute sa vie les doigts imprégnés d'une odeur tenace de poisson, mais il se sentait, comme son père, la bosse du commerce. Il avait finalement demandé plusieurs prépas éco, sa mère avait espéré qu'il intègre un lycée aussi parisien que prestigieux, mais APB avait tranché : c'était Lille et c'était très bien comme ça.

— Si seulement tu avais accepté d'aller passer ton bac à la Providence ! avait maugréé sa mère. Venant d'un lycée privé élitiste, tu aurais vu plus de portes s'ouvrir.

Cependant, elle-même était peu convaincue par ses propos. Garder son oisillon un an de plus dans son nid avait été appréciable.

— Et comment j'aurais fait si j'avais été à la Pro l'an dernier ? marmonne Louis à voix basse.

Son voisin lui adresse un regard interrogateur. Louis l'ignore : Océane revient squatter ses pensées. A-t-elle changé de comportement avec les mecs ? Est-elle en couple ?

En classe de première, Louis a enfin eu sa première histoire sérieuse. Vraiment sérieuse. Celle qui mêlait à la fois sentiment et sexualité. Avant, il y avait juste eu cet étrange épisode avec Louna, la copine de Mazo. Puis l'après-midi chez Océane. Avec Salomé, tout avait été différent. Elle était dans la même classe de première S que Louis et Beverly, et avait d'abord sympathisé avec cette dernière. Sans le savoir, Salomé avait ainsi marqué des points auprès de Louis. Trop souvent, son amie Beverly était vite étiquetée par ceux qui la rencontraient. Cela se jouait entre deux catégories : l'intello limite autiste qui doit son peu de vie sociale à sa bande ou la plouc boulonnaise qui l'annonce dès son prénom. Souvent, on la mettait dans les deux catégories, on enviait son QI en méprisant le quartier populaire où elle habitait, et on s'en écartait.

Salomé, elle, avait très simplement tissé des liens avec Beverly. Elle avait su l'apprivoiser. Et Louis avait regardé autrement cette altermondialiste engagée qui militait pour les baleines, les vélos, le quinoa cultivé en France et Mélenchon. Tout ce que Louis exécrait.

Un sourire nostalgique se dessine sur le visage du voyageur.

Quel bonheur, quelle fierté Beverly avait eus à présenter sa nouvelle copine aux autres ! Pour une fois, c'était elle qui avait rencontré quelqu'un. Et quelle personnalité ! Louis s'en souvient, avec Alie ils avaient même échangé des regards suspicieux et hésitants : est-ce que Bev' serait du genre à… tu vois quoi… à préférer les filles ? Leur amie était en effet complètement excitée. Mais non, ce n'était qu'une histoire d'amitié. Une fois les présentations faites, Salomé les retrouvait tous de temps en temps, entre deux causes à défendre. Et les deux filles se voyaient parfois seules, ou en tout cas sans la bande, en dehors des heures de cours.

C'était normal, Beverly n'était pas la seule à « vivre sa vie », c'était ça aussi, le lycée. Ça ne remettait rien en cause.

Très naturellement, les six potes continuaient à se retrouver au *Cornet d'amour*, leur antre secret. (Peut-être qu'ils avaient un peu honte d'avouer qu'ils traînaient dans un salon de thé ? se questionne Louis. Il se rassure très vite : ils ont toujours assumé les banquettes en skaï craquelées et les serveuses sexagénaires. Et adoré l'idée que c'était chez eux.)

Et, tout aussi naturellement, ils avaient élargi leurs fréquentations. Léa se régalait en discutant littérature avec ses camarades de L. Alie désespérait que le lycée Mariette ne propose que musique ou arts plastiques comme option dans cette section, quand elle aurait aimé suivre des cours de cinéma.

— C'est pas que j'aurais aimé, c'est que j'en aurais carrément eu besoin ! se plaignait-elle souvent. Je vais pas devenir actrice en malaxant de la glaise ou en faisant des collages.

Mais la future star des petits et grands écrans (il fallait accepter de gravir les échelons, reconnaissait-elle humblement…) avait un plan pour sa carrière : elle suivait des cours de théâtre deux fois par semaine et postulait en cachette pour des castings. Et, un jour enfin, sa carrière démarra. En tout cas, c'est ce qu'elle leur annonça :

— Je vais faire des essais à Paris ! Ils cherchent une jeune fille pour un téléfilm.

***

— C'est génial ! se réjouit Mazo. C'est avec qui ?

— Aliénor Stelandre ! s'exclame Solal.

Et Louis s'esclaffe.

— C'est où, ce casting ? Et c'est quand ? Et tu y vas comment ? mitraille Beverly.

Les questions pratiques, c'est sa spécialité.

— Le 13 février, l'informe Alie.

— Mais c'est… (calcul rapide qui n'étonne même pas ses amis…) un jeudi ! On a cours. Tes parents vont te laisser manquer ?

— Non…

— Alors qu'est-ce que tu vas faire ?

— Je vais sécher.

Cinq paires d'yeux dépités se posent sur la future actrice.

— Alie, tu peux pas sécher, lui rappelle délicatement Léa. T'es sûre de te faire prendre. Je te rappelle que ton père est prof au bahut ! Si tu manques un cours, il le saura forcément.

— Alors il faut que je lui dise, et que je lui fasse croire que c'est pour un truc tellement honteux qu'aucun de ses collègues n'osera lui en parler.

— Genre quoi ? demande Louis, intrigué.

— Genre… je sais pas, moi. Que je suis convoquée au commissariat pour conduite sans permis.

— Mais là, il voudra venir ! commente Léa.

— Il devra venir, même, insiste Beverly. Les mineurs sont accompagnés, je le sais… Mon cousin Dylan a été arrêté une fois.

— Pas faux, reconnaît Alie, qui ne renonce pas : Je vais bien trouver un truc !

***

Finalement, il avait été décidé de ménager les parents d'Alie : elle leur avait fait croire qu'elle avait attrapé des poux à cause de son dernier petit copain. Elle se grattait tellement qu'ils y avaient cru et avaient décidé de la dispenser d'un jour de cours pour éviter que les bestioles et la honte ne se propagent. Pour ne pas ébruiter l'affaire, son père avait prévenu lui-même ses collègues que sa fille serait absente : elle était souffrante-point-à-la-ligne.

La journée avait été un fiasco. Non seulement Alie avait loupé son train de retour et s'était fait prendre par ses vieux, mais en plus elle avait refusé le rôle. Pas assez de texte, avait-elle regretté.

Il faut dire qu'en fait de rôle… il s'agissait d'interpréter un cadavre trouvé par la police sur une dune ! Le casting était organisé par l'émission *Enquêtes criminelles*. Le seul talent d'acteur requis consistait à retenir sa respiration quand on zoomerait sur la poitrine dénudée, et les recruteurs s'étaient dit qu'une bonne nageuse saurait faire ça. De plus, le meurtre en question s'était déroulé au Portel, c'est là qu'ils tourneraient, et Alie était de la région.

Avait-elle bloqué sur le côté local ? Ou par superstition : un cadavre comme premier rôle n'était peut-être pas de bon augure ?

— C'était pourtant un vrai rôle de décomposition ! avait insisté Louis à son retour.

Son amie avait répondu en lui donnant un coup d'épaule. Comme toujours. Puis elle avait ajouté :

— N'empêche que non seulement j'ai déjà passé un casting, mais en plus j'ai refusé le rôle principal. Tu connais beaucoup d'actrices qui peuvent en dire autant à seize ans ?

C'était ça, Alie : une vision positive du monde !

Comment en est-il arrivé à cet épisode ? se demande Louis en laissant glisser son doigt sur la vitre humide. Ah oui, Océane, Salomé, et Alie qui décidément tenait toujours le devant de la scène. Sans s'en rendre compte, il dessine un S majuscule sur la vitre.

Louis a vraiment craqué sur Salomé. Même si son univers était complètement étranger à celui de la jeune fille. Il lui a épargné ses plans drague bien lourds, n'a mis en avant ni sa belle gueule, ni son nouvel iPhone pour la séduire. Il a attendu, patiemment, peureusement, qu'elle s'intéresse à lui. Si patiemment, si peureusement d'ailleurs que rien ne se serait passé si Beverly n'avait pas accéléré les choses. (Oui, même Beverly avait noté que Louis avait un faible pour Salomé. À cause de la modification de sa fréquence cardiaque en présence de la fille, c'est ce qu'elle affirmera plus tard : elle voulait déjà faire médecine.) Ces trois-là, en première S, croulaient sous le travail et n'avaient donc pas de temps à perdre. Là encore, c'était un raisonnement beverliesque. Un midi, donc, elle déjeuna à la cantine seule avec Salomé, lui affirma que Louis était amoureux d'elle et proposa à la jeune fille, si elle aussi souhaitait tenter l'aventure, d'en informer son copain de longue date.

— Tu sais, je le connais depuis six ans, ça ne me gênera pas de parler de ça avec lui !

— Louis ? Mais on est à des années-lumière l'un de l'autre ! Il incarne tout ce que je combats, s'était presque étouffée Salomé.

Avant de poursuivre sur un ton professoral :

— Et puis, Beverly, ça marche pas comme ça ! Ce genre de plan, « je fais savoir par ma copine que tu me plais », c'était bon, je sais pas, moi… quand on était en quatrième.

— J'peux pas te dire, rétorqua Beverly très sérieusement. Je ne m'intéressais pas du tout à ça au collège. Louis ne m'a rien demandé. Je voulais juste vous aider, mais fais comme tu veux.

Puis elle prit une grande inspiration avant de préciser quand même :

— Enfin… si vraiment il ne te plaît pas du tout, dis-lui. Louis est mon ami, et ça me ferait mal au cœur qu'il rêve de trucs pas réalisables.

Salomé a raconté à Louis cette conversation quelques semaines plus tard. Ils formaient un joli couple depuis que Salomé avait subitement fait tomber ses frontières idéologiques. Louis, en retour, s'était engagé à ne plus manger de foie gras ni de volailles élevées en batterie et à choisir une voiture hybride le jour où son père lui en offrirait une.

— Je te jure que ce sont ses mots exacts, a insisté la belle brune, blottie dans ses bras.

— Oh, mais je te crois ! a affirmé Louis en souriant.

À partir de là, l'année de première a changé de couleur. Bien entendu, il y avait les cours, le TPE à préparer, l'oral de français à répéter et la planète à sauver. Mais Louis et Salomé partageaient tout.

— Tu sais que t'es pathétique quand t'es amoureux ! le charriait Alie.

La jolie blonde traversait une période d'incertitude sentimentale. Certes, elle était encore avec Benjamin, mais le jeune homme quitterait Boulogne en juin prochain et Alie commençait à s'inquiéter : et s'il parvenait à se passer d'elle ?

— Il ne parle que de ces foutues écoles d'ingénieurs qu'il veut intégrer, se plaignait-elle souvent.

— C'est normal, lui répondait Beverly.

— Toi aussi, t'as des ambitions, la réconfortait Mazo.

— C'est vrai, reconnaissait Alie.

Elle se rassurait alors en affirmant que c'était elle qui le quitterait : elle ne pouvait pas entamer sa carrière déjà en couple, ou alors elle n'atteindrait jamais Hollywood. Ou même déjà les studios de la Plaine Saint-Denis.

Ces deux-là se sont effectivement séparés… mais pour d'autres motifs, sourit Louis. Lui n'a rien vu venir. Salomé l'avait rendu égoïste. Non, pas égoïste, il est trop dur avec lui-même. Disons qu'il s'est surtout concentré sur leur couple. Les potes étaient toujours là, bien sûr ! Mais lui était moins disponible.

Ainsi, c'est Mazo qui a soutenu Léa quand son père a complètement pété les boulons en février de leur année de première. Un mardi soir, Léa a débarqué à la maison qu'il partageait à Audresselles avec sa nouvelle femme, ses deux filles à elle et leur fils à eux, pour découvrir que son père s'était fait la malle.

Comme ça. Du jour au lendemain.

— Ce salaud m'a dit que le bébé et les deux petites, c'était trop ! Qu'il avait plus l'âge pour ça ! a balancé sa fraîche ex-belle-mère à Léa.

Un milliard et demi de fois au moins, l'ex-belle-fille avait souhaité que son père lâche cette pimbêche et ses deux braillardes. Elle le répétait régulièrement à ses amis quand elle revenait d'un gullyesque et éprouvant week-end chez son père. Bien sûr, la naissance d'Oscar avait changé la donne. Pourtant Léa avait encore du mal à considérer l'enfant comme son petit frère. Demi-frère, c'était moche, ça sonnait comme demi-portion. Quand elle en parlait, elle disait « le fils de mon père ». Les amis s'y étaient habitués.

***

— Le pire, c'est que je crois qu'une partie de moi-même espérait que Valentine le quitte, regrette Léa quand, le mercredi matin, les six potes se réunissent en conciliabule à la pause. Même si c'était pas cool pour Oscar. Il l'aurait eu un week-end, je serais venue l'autre. Ou nous nous serions vus à trois, ça aurait pu être sympa. Je savais que c'était idiot, mais je crois que je ne me suis jamais vraiment habituée à la situation.

— Faut dire que ça a été très vite, hasarde Alie avec une réserve inhabituelle.

— Et tu sais où il est ? questionne Solal.

— Non ! Même à moi, il ne répond pas au téléphone. J'espère qu'il n'a pas fait une connerie.

— T'inquiète ! répondent-ils en chœur.

Ou en cœur, peut-être : ils savent comme leur amie a souffert lors de la séparation, et sont désolés de constater que cela continue.

— Ta mère, elle en dit quoi ?

— Rien. Mais je crois qu'elle est contente. C'est con, non ?

— Ouais, un peu, hasarde Mazo, qui regrette aussitôt : Désolée !

— T'as pas à l'être. Des fois, les adultes sont vraiment des gosses.

***

Ils ont tous acquiescé, la sonnerie a interrompu la pause et le conseil extraordinaire. Plus tard, le père de Léa a donné des nouvelles. Il s'était installé pour « quelque temps » chez une ancienne amie de collège retrouvée grâce à Facebook, « en tout bien tout honneur ! ». La lycéenne a refusé de lui rendre visite là-bas, et une longue série de samedis midi indigestes chez Flunch et de samedis soir chez Mazo pour s'en remettre a commencé.

Puis son père a retrouvé ses esprits et son nouveau foyer. Et Léa son sourire. Louis n'a jamais culpabilisé de ne pas avoir réellement soutenu son amie. Premièrement, il n'était pas forcément très doué pour trouver des mots de réconfort. Deuxièmement, il était hypnotisé par Salomé. Et, troisièmement, il doit le reconnaître, il était aussi un peu énervé par ce talent qu'avait Léa de leur faire comprendre qu'une fois encore c'était elle qui vivait de vrais drames humains. Comme si son aventure avec les migrants ne lui avait pas suffi… Seule exception, le lycéen était sorti de sa réserve le jour où sa mère avait appris cette séparation.

— Cette pauvre fille, je ne sais pas comment elle pourra être équilibrée avec des parents aussi instables ! s'était-elle exclamée.

— Parce que, élevé par une mère qui juge et condamne sans connaître, ça va sans doute m'aider à être un citoyen tolérant et intégré, avait rétorqué Louis.

Sa mère l'avait regardé, sidérée. Puis elle avait replacé une mèche de cheveux qui n'avait pourtant pas bougé et avait proposé :

— Et fac de droit, ça ne te tente pas ?

Voilà, c'était ça, la classe de première. Un nouvel équilibre, une belle histoire d'amour pour lui, des vocations et des carrières qui se dessinaient. Ou pas.

Louis tente un instant de retenir les souvenirs en se concentrant sur la campagne qui défile. En vain.

Et puis « l'affaire Océane » a éclaté.

Dans la bande, seule Beverly, décidément plus douée en matière de couple qu'elle ne le croyait, avait compris que c'était avec cette fille que Louis avait connu sa première fois. Mais son amie n'a jamais cassé le mythe de la chaude Américaine rencontrée lors d'un échange très très linguistique aux États-Unis.

Heureux avec Salomé, Louis avait complètement oublié Océane. Au lycée, la sexualité de cette dernière ne faisait plus les gros titres. En première, de plus en plus de filles avaient déjà couché, ou l'affirmaient. C'était toujours Alie qui apportait les derniers potins. Pas méchamment, jurait-elle, juste pour rire. Et c'est vrai que les autres se régalaient des sketchs qu'elle improvisait alors sur les minauderies de l'une ou le manque d'expérience de l'autre.

Coup d'œil rapide sur son téléphone : Louis a reçu deux messages.

Maman : Chéri, tu as bien eu ton train ?

Léa : On se voit demain ?

Il ne répond qu'au second :

Peux pas, ma mère prend 50 piges.

Cette diversion ne suffit pas à lui changer les idées. Toujours ce malaise quand il songe à cette histoire avec Océane. Y pense-t-elle souvent ? A-t-elle tourné la page ? Il lui a trouvé la démarche légère, tout à l'heure…

Louis n'était pas à la fête où tout a commencé. Et tant mieux. Ses parents ne le laissaient sortir en soirée que pendant les vacances scolaires, et il ne s'était pas senti d'humeur à faire le mur. S'il se faisait prendre, il serait vraiment en liberté conditionnelle et ne pourrait plus voir Salomé autant qu'il le souhaitait. Il faut s'en souvenir : Louis était amoureux.

La fête se tenait chez un première redoublant qui fêtait ses dix-huit ans. Grosse fête, grosse beuverie et dérapages habituels : ça titube dans les couloirs, ça vomit à côté de la cuvette, ça allume quelques joints, ça pelote et plus si affinités.

R.A.S.

Rien de signalé non plus d'ailleurs, ce soir-là. C'est le lundi qui a suivi que Margot, la meilleure copine d'Océane, a demandé à parler au prof principal à la fin du cours. Océane s'est énervée, lui a ordonné de se taire, en vain.

— Elle ne voulait vraiment pas que ça sorte, racontera plus tard Mazo, élève de leur classe.

À la pause, une nuée de mouches curieuses bourdonnait autour des deux filles : « Kezkispasse ! Kezkispasse ! » Tellement que seules les plus proches ont entendu Océane répondre d'une voix faible :

— Rien d'important.

Et Margot contester :

— Une agression sexuelle, t'appelles ça rien d'important ?!?

Là, silence, du genre « on entendrait une mouche voler »… La première a décollé :

— Agression ?

Les autres ont suivi :

— Sexuelle ?

L'essaim s'est disséminé : une agression sexuelle est un acte grave, et être celle qui l'annonce un rôle à ne pas manquer. Dès cet instant, Océane et sa copine ont perdu le contrôle de ce qui se passait. La rumeur parlait déjà de viol… Après s'être offusquée, Margot, prudente ou dépassée, a choisi de se taire. Trop tard : le feu était allumé. Les curieuses ont eu beau cuisiner Océane, elle ne voulait donner aucun détail. Qui ? Où ? Quand ?

Rien.

— Elle a rien dit au prof, précisera aussi Mazo. C'est Margot qui a parlé. Océane lui avait tout raconté.

Face à ce silence, chacun au lycée y est allé de son scénario.

Ça s'est passé dans une cave obscure d'un haut immeuble du Chemin-Vert, le quartier populaire de Boulogne-sur-Mer, c'est toujours là que ça se passe. Beverly était très remontée : depuis quelques années déjà, la municipalité avait remplacé les immeubles où elle avait grandi par des maisons individuelles ou de petits bâtiments. Et non, on n'y abusait pas des jeunes filles, surtout de celles qui n'y mettaient jamais les pieds.

Il n'y a pas eu d'agression. Océane a encore joué avec le feu, et cette fois elle s'est brûlée : elle est enceinte et essaie de sauver la face en affirmant que c'est à la suite d'un rapport forcé. Son interruption de grossesse apparaîtra ainsi légitime aux yeux de tous ! Futé, non ? Plus en tout cas que celles (oui, des filles) qui racontaient cette histoire et qui n'ont pas imaginé une seule seconde qu'il était trop tôt pour que la grossesse soit détectée.

Il y avait aussi ceux, plus perspicaces, qui avaient fait le lien avec la soirée du samedi. Certains pensaient même avoir aperçu un début de quelque chose. Quoi ? Ils n'étaient pas capables de le préciser.

Les six amis ont suivi l'affaire de loin. Louis, surtout, se montrait peu concerné. S'intéresser de près à Océane, c'était prendre le risque de révéler qu'elle s'était intéressée de près à lui. Hors de question que Salomé l'apprenne !

Si Océane n'a pas confirmé l'accusation portée par son amie, elle ne l'a pas démentie non plus. Elle n'a pas balancé de nom, elle n'a pas manqué les cours. (Peut-on subir une IVG pendant un week-end ?) Mais le soufflé n'est pas retombé. Et le prof principal a fait son job. Il est allé s'entretenir avec l'infirmière du lycée. Cette dernière a reçu Océane, qui s'est murée dans le silence. Résultat : c'est le proviseur qui l'a convoquée.

— Ce que tu diras ne sortira pas de ce bureau, a-t-il assuré. Mais soit tu reconnais que ton amie a menti, soit tu dénonces l'auteur de ces faits graves.

— C'est Victor Laurent, a-t-elle finalement lâché.

Et l'information s'est répandue hors du bureau, plus vite que le lait trop chaud hors de la casserole. Les commentaires ont fusé. Ils oscillaient entre compassion outrée et scepticisme. Tout ça parce que, un mètre soixante-douze, les cheveux bruns, les yeux noisette et rieurs, les lèvres fines et le menton légèrement en galoche, Victor Laurent n'avait pas le physique d'un jeune violeur.

***

— Ah bon, parce que c'est quoi, le look violeur ? interroge Mazo.

— Le mec bien moche, petit, trapu… Celui que les femmes ne regardent jamais et qui du coup les hait ! balance Louis.

— On est à peine dans le cliché, là ! ironise Léa. Et tu ne te dis pas qu'un violeur, ça peut être aussi le beau gosse à qui aucune fille ne dit jamais non et qui, du coup, ne prend même plus la peine de demander ?

— Bien vu, reconnaît son ami.

— En tout cas, pas un mec comme Victor Laurent, tranche Solal.

— Tu le connais ? interroge Salomé.

— Oui, il est dans mon club de tennis. Joueur de fond de terrain, pas extra, mais bon revers.

— Et ça le disculpe ? ironise Alie.

— Reste que des gens l'ont vu avec Océane à cette fameuse soirée, intervient Beverly, soucieuse de s'en tenir aux faits. Il ne peut pas prétendre qu'il ne la connaît pas. La photo tourne sur Instagram.

Louis pouffe :

— Dis donc, si j'étais accusé de viol par toutes les filles que j'ai draguées, je prendrais perpétuité ! Mais ça, c'était avant, précise-t-il immédiatement pour Salomé qui le fusille du regard.

***

Louis a retenu la mise en garde et s'est tenu à l'écart du feuilleton dramatique.

Dans le premier épisode, Victor Laurent a affirmé qu'il ne s'était absolument rien passé entre Océane et lui. Certains de ses copains zélés ont confirmé que c'était la lycéenne qui lui avait tourné autour, mais que le garçon était trop ivre pour entreprendre quoi que ce soit.

Dans le deuxième, il a dû reconnaître devant ses parents qu'effectivement il était complètement déchiré à cette soirée. Cet aveu les aurait inquiétés s'il n'y avait pas eu plus grave : convoqués, ils étaient dans le bureau du proviseur du lycée, en présence des deux protagonistes et des parents d'Océane.

— Il ne s'agit que de rumeurs, a affirmé M. Lefebvre. Nous n'accusons votre fils de rien. Mais l'affaire prend une telle ampleur qu'il nous semblait important de vous en informer.

— Victor, as-tu… agressé sexuellement cette fille ? a difficilement articulé sa mère.

— Bien sûr que non, tu ne crois quand même pas ça ! s'est offusqué le soudain petit-garçon-à-sa-maman. Nous sommes sortis dans le jardin tous les deux, nous nous sommes allongés sur le trampoline au fond du jardin, un peu embrassés, mais c'est tout. Ça n'est pas allé plus loin.

Il a enfoncé le clou :

— C'est pas ma vision de l'amour, un coup d'un soir !

Et ses deux parents l'ont rassuré : ils le croyaient.

— Ben voyons, a marmonné Océane, tandis que ses propres parents se muraient dans le silence.

Silence mal interprété par le père de Victor, qui a jugé nécessaire d'en ajouter une couche :

— Monsieur, madame, vous feriez mieux de surveiller de plus près votre fille ! Non seulement elle se tiendrait mieux, mais elle ne raconterait pas d'infâmes mensonges sur des élèves sans histoires.

Bien mal lui en a pris… La mère d'Océane a voulu réagir, son mari lui a attrapé le bras :

— Laisse tomber, chérie, nous traiterons cette affaire dans un endroit plus approprié en portant plainte.

Le proviseur a paniqué.

— Monsieur, je vous en prie, nous allons reprendre tout ça calmement !

Mais le père d'Océane avait déjà quitté le bureau.

C'est la lycéenne qui a raconté la conversation, touchée par le soutien de ses parents. Victor stressait trop pour parler.

Étaient-ils effectivement allés chez les flics ? C'est la question qui allait occuper tout le troisième épisode. Il y avait les pour : justice devait être rendue. Même si ce n'était pas à proprement parler un viol, un mec ne pouvait quand même pas faire ce qu'il voulait à une fille. Et puis, c'était trop intense de vivre un événement pareil en direct, fallait que ça continue. Ils étaient minoritaires.

Les contre se divisaient en deux groupes : ceux qui affirmaient qu'Océane avait tout inventé et ceux qui étaient persuadés que la démarche de ses parents était inutile puisqu'elle ne pourrait rien prouver.

***

— Avec sa réputation – fondée, en plus ! –, comment veux-tu qu'elle aille faire croire qu'on l'a forcée à quoi que ce soit ! commente Alie.

La jeune fille, sans être virulente, soutient l'accusé. Tout comme Solal, solidarité tennistique oblige. Mazo plaint Océane de se retrouver au cœur d'une telle tourmente. Léa, soudain diplômée de psychologie, affirme que leur camarade s'y complaît :

— Elle a toujours cherché à attirer l'attention, c'est ça qu'elle voulait en acceptant de coucher avec tout le monde.

— C'est pas elle qui a parlé, mais sa copine, nuance Beverly.

Léa contre-attaque :

— Elle savait bien que Margot ne pourrait pas garder pour elle un truc pareil. Elle voulait juste pas passer pour celle qui balance. D'ailleurs, elle a vite lâché le morceau au proviseur, il n'a pas eu besoin d'insister.

— Qu'est-ce que tu en sais, tu y étais ? hasarde Louis.

— Dis donc, Louis, tu défends sacrément cette fille ! s'amuse Alie. À croire que tu la connais plus que tu ne le prétends !

— Ça va pas ! ment le garçon, en se promettant de ne plus donner son avis sur ce dossier.

Jamais.

Faut jamais dire jamais.

***

Une nouvelle conciliation a été tentée. Les deux familles se sont vues, loin du lycée et de l'agitation. Les parents d'Océane s'étaient renseignés : la procédure serait longue ; peut-être n'aboutirait-elle pas. Les faits ne devaient pas pour autant être niés : ils ont proposé que Victor reconnaisse ses torts et s'excuse. L'affaire s'arrêterait là. Océane s'est offusquée :

— Il a abusé de moi, je vous dis ! Pas juste sifflée dans un couloir, putain !

Les parents de Victor y étaient également opposés :

— Hors de question que notre fils reconnaisse un crime qu'il n'a pas commis !

Eux aussi avaient consulté un avocat : ils connaissaient la qualification juridique de l'accusation.

« Calais-Fréthun. Une minute d'arrêt. »

À partir de là, le train ne circulera plus à la vitesse TGV, et mettra presque autant de temps à rejoindre Boulogne-sur-Mer qu'il lui en a fallu pour venir de Lille. Bonne nouvelle : le voisin se lève et se prépare à descendre. L'étudiant en profite pour étirer ses jambes.

Louis respectait sa ligne de conduite : il ne parlait plus de cette affaire. À peine écoutait-il les comptes-rendus d'Alie. Leur amie tirait ses infos de Lucie, une autre copine d'Océane. Enfin, une fille suffisamment attachée à elle pour la soutenir jour après jour, et suffisamment détachée pour répéter sans filtrer tout ce que la prétendue victime lui confiait. Solal ajoutait ce que Victor lui racontait, et l'équité semblait préservée aux yeux de la bande de potes. Océane n'évoquait plus la justice. Elle était décidée à se reconstruire. Ses parents lui avaient déniché une super psychologue qu'elle voyait une fois par semaine.

Puis elle s'est pointée à la soirée de Lucas, où elle avait certes été invitée.

Mais avant « tout ça ».

Lucas lui a ouvert la porte, gêné : il avait espéré qu'Océane aurait soit oublié son invitation, soit renoncé à toute sortie pour cette année. Son pote Romain, déjà bien imbibé, a fait beaucoup moins de manières :

— Rentre chez toi, salope. On veut passer une soirée tranquille.

A-t-il réveillé l'instinct guerrier de la jeune fille ? Toujours est-il qu'elle a refusé de partir. Et quand elle s'y est résignée, une demi-heure plus tard, après une vraie *battle* d'insultes plus grossières les unes que les autres, l'ambiance était plombée.

Le lundi, elle portait plainte. Sa mère l'en avait convaincue après avoir assisté, impuissante, aux pleurs silencieux de sa fille tout le dimanche.

— Elle m'a dit que je ne me reconstruirais jamais complètement si certains se permettaient de me traiter ainsi, a confié plus tard Océane à Louis. Elle pensait aussi qu'il était important que nous sachions tous qu'on peut pas juste faire n'importe quoi parce que nous sommes jeunes, en soirée et éméchés.

Comment le texte de la plainte a-t-il circulé dans le lycée ? Ça reste aujourd'hui encore un mystère. Léa et Alie étaient persuadées que cela venait d'Océane. Solal et Louis estimaient que ça aurait été un étrange choix de sa part. En effet, le document parlait d'attouchements et d'une tentative pour doigter la victime. Des caresses, même poussées, ce n'était plus un viol. En tout cas pour la majorité des élèves. Il n'y avait pas eu de pénétration, donc pas de vrai rapport.

Article 222-23 du Code pénal : « Tout acte de pénétration sexuelle, de quelque nature qu'il soit, commis sur la personne d'autrui, par violence, contrainte, menace ou surprise est un viol. »

Victor avait plus intérêt qu'Océane à ce que ce document circule. Il a aussi été entendu par la police, et a reconnu en effet s'être allongé sur le trampoline avec Océane. Il y avait intérêt : plusieurs personnes les avaient vus. En revanche, il niait toute agression sexuelle.

— J'étais trop ivre pour avoir le moindre désir, a-t-il confié aux enquêteurs.

***

— Reste que, des attouchements sexuels, c'est grave quand même, non ? hasarde Beverly.

— Ça peut arriver en soirée, rétorque Louis, en vérifiant au préalable ce qu'il sait déjà : Salomé n'est pas là. Enfin moi, je l'ai jamais fait, mais tu vois, tu danses avec la fille un peu collé-serré, vous sortez prendre l'air et vous embrasser, tes mains se baladent, ça peut vite prendre un caractère sexuel.

— Ouais, reconnaît Mazo. Sauf que ça s'est passé allongés sur un trampoline, et qu'Océane affirme que Victor était couché sur elle. C'est pas juste un flirt.

— Excuse-moi, mais, s'il était couché sur elle, c'est qu'elle a bien voulu le suivre et ensuite s'allonger !

s'étrangle Alie. Facile de jouer la mijaurée après. Si tu ne veux pas te faire peloter ou chatouiller les sous-vêtements, tu ne te mets pas dans une situation pareille.

Léa toussote :

— Peut-être, Alie, qu'on doit pas se mettre dans une situation pareille. Mais je pense qu'on doit pouvoir changer d'avis jusqu'à la dernière seconde, non ? Souviens-toi, tu as refusé de coucher avec Benjamin au Domaine…

— C'était ma première fois ! Et avec un mec que j'aimais ! Que j'aime, se reprend immédiatement Alie. C'est pas pareil, j'ai gardé le contrôle. Et puis…

— Et puis quoi ? veut savoir Léa.

— Et puis je n'ai ni la réputation ni le comportement d'Océane, on peut pas comparer, se justifie Alie. À la place de sa mère, je ne serais pas fière d'emmener ma fille chez les flics. Je l'aurais joué en sourdine.

— J'aurais sans doute eu la honte d'y aller avec la mienne, reconnaît Léa.

Mais Beverly n'est pas de cet avis :

— Moi, je trouve très bien que sa mère l'ait poussée à s'y rendre. C'est le rôle des parents de nous montrer l'importance de nos actes et leurs conséquences, mais aussi de ceux que l'on subit. Si Océane est une victime comme elle l'affirme – et moi je la crois –, elle doit être reconnue comme telle.

— Même si elle prend le risque de s'exposer de nouveau ? interroge Alie. À mon avis, elle va en prendre plein les dents. Il y a beaucoup de filles qui se prennent pour des saintes et qui se battront pour lui jeter la première pierre.

***

Alie avait vu juste.

Une nouvelle marche vers le glauque a été descendue à cette période. La grande question était désormais de savoir si Victor avait ou non « doigté » Océane, et quelques sinistres individus ont inventé un jeu : il consistait à pointer l'index en le faisant pivoter chaque fois que l'on croisait un des deux acteurs du drame. Les potes ne se sont jamais abaissés à ça. Quelques heures de colle sont tombées, et le jeu a disparu.

Motif de la retenue : pointe et tourne l'index.

Celui-là, il sera collector…

Les six amis, à l'époque, se sont consacrés à leur nouvelle passion imposée : la littérature française et ses trésors. Le bac approchait. Louis sourit tristement : qu'elle était belle, sa Salomé, quand elle déclamait du Baudelaire !

Léa a décroché un brillant 18 à l'oral de français, et un décevant 13 à l'écrit.

Beverly a eu 17 aux deux épreuves : le bac s'annonçait bien.

Les garçons se sont réjouis d'obtenir la moyenne. Un miracle pour Solal, qui a cité un nom de sportif dans sa copie.

Combien a eu Alie en français ? Louis ne s'en souvient pas. Pas plus que de la note de Mazo.

Mais il n'a pas oublié la rentrée en terminale : Beverly qui se retrouvait dans l'autre classe de S, Alie qui survivait difficilement sans Benjamin. Puis Océane, encore…

Qui a eu l'idée de remettre le feu aux poudres ? Là encore, mystère. Sans doute un ami de Victor, un soutien en tout cas, qui, avec tout le courage que nécessite l'anonymat des réseaux sociaux, a lancé une page Facebook intitulée « J'ai couché avec Océane ». Le but était de protéger Victor s'il était convoqué au tribunal, en démontrant que la prétendue victime n'était pas une vierge effarouchée.

Les consignes étaient simples : pas de commentaires déplacés, de blagues grivoises. Juste une publication, toujours cette même phrase : « J'ai couché avec Océane », en précisant, si la personne s'en souvenait (!!!!), la date et le lieu. Inutile d'évaluer la prestation…

Attention, super hyper méga important ! Ne publier que si l'on a vraiment couché avec Océane. Sinon, ce n'est ni drôle ni efficace. Il paraît que la page a mis un peu de temps à rencontrer le succès : pas facile d'être le premier à se déclarer, d'autant plus que l'anonyme créateur de la page n'avait pas montré l'exemple. (Faudrait pas non plus se faire prendre !) Puis cinq premiers courageux se sont manifestés, et le troupeau a suivi.

Troupeau, c'est exagéré, sans doute, ils n'étaient pas si nombreux, se dit Louis. Quoique… il faut avoir l'esprit bovin ou ovin pour participer à un tel lynchage.

Puis, un jour…

« Infraction insuffisamment caractérisée » : la sentence est tombée, la plainte a été classée sans suite.

Victor a exulté, Océane a rappelé que c'était juste faute de preuves : cela ne signifiait pas qu'il était innocent.

***

— Je comprends pas pourquoi elle a pas changé de lycée en septembre, commente Léa.

— Pourquoi tu voudrais qu'elle quitte le bahut ? s'étonne Louis.

— Surtout l'année de la terminale, c'est déstabilisant, confirme Beverly.

— Je suis d'accord avec Léa, rétorque Mazo. Elle aurait été mieux dans un établissement où personne n'était au courant de l'affaire. Là, tout le monde se retourne sur son passage : c'est la fille qui a accusé un mec de viol.

Alie enfonce le clou :

— Elle est passée de fille facile à menteuse, c'est vrai que c'est pas facile à gérer. Elle aurait dû y penser avant de faire tout ce cirque.

— À t'entendre, il ne fait aucun doute qu'elle a menti. Tu ne lui laisses même pas, à elle aussi, le bénéfice du doute ? tente Louis. Victor en a bien bénéficié.

— T'as pas tort, reconnaît Solal. Personne n'était sur ce trampoline avec eux. Mais, une fois encore, je connais Victor, c'est pas un sale type. Et Océane se traîne quand même une réputation qui la dessert dans cette histoire.

— Et puis c'est pas un lapin de six semaines, elle se doutait bien qu'il n'allait pas lui chanter des berceuses au clair de lune ! ricane Alie.

— Moi, je crois quand même qu'on doit avoir le droit de dire non à la dernière seconde, non ? s'inquiète presque Beverly.

Mazo, Solal et elle sont encore vierges, et le garçon devine son inquiétude :

— Pas de panique, Beverly, le jour où ça t'arrivera, ça ne se passera pas comme ce soir-là. Tu pourras dire non.

— Et donc, y aura pas nique ! ironise Louis.

***

Le souvenir de cette blague, qui n'avait fait rire qu'Alie et lui, arrache de nouveau un sourire à l'étudiant. Océane et son agression revenaient régulièrement dans les conversations de la bande, il le réalise maintenant.

Quel temps perdu ! Ou pas.

Louis assume : pendant toute cette période, il était beaucoup trop occupé à être heureux pour s'occuper des malheurs des autres. Les samedis après-midi, le lycéen amoureux retrouvait Salomé chez elle. (Impossible d'être tranquilles chez lui, Louis avait renoncé. Sa mère était trop prude et ses frères trop curieux, ils les dérangeaient toutes les trente secondes.) Seuls…

Salomé n'avait pas souhaité avoir de rapports sexuels dès le début de leur relation, et il avait respecté son choix.

— J'attendrai aussi longtemps que tu le voudras ! lui avait-il menti, tout en veillant par ses caresses et ses baisers à éveiller son désir et son impatience.

Elle avait changé d'avis. Il l'avait tant espéré, et pourtant, il se souvient qu'il tremblait de trac devant sa porte ce samedi-là. D'ailleurs, la première fois avait été décevante. Salomé était aussi stressée, c'était une première-première fois pour elle. Louis, lui, avait finalement laissé ses appréhensions sur le trottoir. Mais pas son excitation, qu'il n'avait pu contenir : il avait été trop rapide. Il s'était ensuite englué dans ses justifications, jusqu'à mettre sa copine mal à l'aise. La semaine qui avait suivi avait été tendue entre eux deux. Chacun nourrissait malgré lui de la rancœur contre l'autre, tout en cherchant à se montrer le plus délicat ou la plus attentionnée possible. La deuxième fois n'avait pas non plus été terrible, au point que Louis commençait vraiment à s'inquiéter : et si ça ne marchait pas entre eux ? S'ils n'étaient pas « sexuellement compatibles » ? Il était presque décidé à en toucher un mot à Alie, la plus expérimentée de la bande, quand Salomé et lui étaient parvenus à se détendre avant le troisième rapport et, enfin, à se découvrir, se rencontrer, se partager et s'aimer.

— Oh my God, c'était bon !

Une vague de chaleur nostalgique chatouille le bas-ventre de l'étudiant qui se rêve un instant encore lycéen.

La semaine, le couple veillait à ne pas être « fusionnel ». Il faut dire que Salomé avait ses causes à défendre, et Louis ses copains à voir. S'il traînait avec la même bande pour la septième rentrée consécutive, il était apprécié par de nombreux élèves. Louis n'était pas dupe : beaucoup lui enviaient surtout sa condition sociale (qu'il affichait sans retenue à travers ses fringues) et le traitaient de frimeur dans son dos. Tant que Salomé et les potes savaient qui il était vraiment et ce qu'il valait, le reste ne comptait pas. L'année prochaine, ils se disperseraient. Mazo avait même évoqué la possibilité de partir un an à l'étranger. Il était donc urgent de profiter.

Puis sa douce existence a commencé à capoter. Le souvenir lui gratte cette fois les entrailles : c'est moins agréable. Louis se redresse sur son siège. Son dos frotte contre le dossier, à la recherche d'une position plus confortable qu'il ne trouve pas.

Il ne sait toujours pas ce qui lui a pris ce jour-là. C'est ce qu'il se dit la moitié du temps, quand il y pense. L'autre moitié, il reconnaît que « ça » ne demandait qu'à sortir. C'était inévitable. Et souhaitable.

Le feu est parti d'une toute petite étincelle. Une brindille de mec qui est passé près d'Océane, entouré de deux copains, a voulu faire le malin :

— Tu devrais regarder sur le Bon Coin, il paraît qu'on y vend des trampolines à super prix. Pour se faire sauter, y a pas mieux.

Manque de chance – pour ce type en tout cas –, Louis arrivait en sens inverse et a entendu.

— Toi, c'est ta connerie qu'on devrait vendre, a-t-il rétorqué. À mon avis, un tel concentré, c'est un produit rare.

Tout le monde, Océane y compris, s'est arrêté pour écouter. Salomé s'est pétrifiée. Les plus rapides ont dégainé leur téléphone pour filmer. Ça a donné de l'épaisseur au roseau, qui s'est soudainement pris pour un chêne :

— Si on peut même plus plaisanter ! Mais peut-être que tu la défends parce que toi aussi t'as eu droit à un dépucelage océanique. Océane… nique ! a-t-il répété en insistant, étonné et fier du jeu de mots qu'il venait d'improviser.

— Ben oui, tu vois, justement ! Et je ne sais pas si c'est d'avoir déjà joui un bon coup et de ne plus en être, comme toi, encore à la branlette, mais les remarques gratuites des petits puceaux de ton genre, ça me gave. Tu pourrais au moins t'en prendre à un adversaire moins exposé.

— Tu me traites de lâche ?

— Ouais, et pas seulement : de mouton aussi. Un mouton à couille molle.

— Mais je vais te péter la gueule ! s'est alors énervé le garçon.

— Je t'en prie, je t'attends !

Une fois encore, c'est incroyable comme les infos circulent vite dans un lycée. Le spectacle avait commencé avec le public de la salle des fêtes d'Audresselles, et on allait maintenant remplir le Zénith de Lille.

— Couille molle, a répété Louis. Présente tes excuses à Océane.

Face à lui, le garçon gigotait nerveusement.

— J'y vais ? a-t-il demandé en se retournant vers ses copains.

Ils ont haussé les épaules, indécis. Fallait-il continuer le show au risque que leur copain ait des ennuis ou en avaient-ils assez pour faire le buzz ? C'est Alie qui a tranché. Elle passait là – elle, par un heureux hasard – et a attrapé Louis par la manche.

— Je sais pas ce que tu t'apprêtais à faire, mais je te l'interdis. Allez viens, on se casse.

À cet instant seulement, la malédiction qui frappait Salomé a cessé. La statue de sel a repris vie, et elle a suivi le duo en silence. L'adversaire de Louis a bien tenté une ultime bravade :

— T'as de la chance que ta copine soit arrivée !

Louis s'est alors retourné, et le regard noir qu'il a adressé au provocateur l'a fait reculer de deux pas.

***

— T'aurais dû me laisser lui péter la gueule !

À la sortie des cours, Louis ne décolère toujours pas. Alie résiste.

— Et être viré quelques jours, voire définitivement, l'année du bac et des dossiers APB ? T'as raison.

— N'empêche qu'il le méritait. C'est trop facile de s'en prendre à la fille lynchée par tous.

— C'est toi qui aurais eu les emmerdes, c'est pas normal, hasarde Mazo. T'es pas mêlé à tout ça.

— Et, comme tu le dis, ce mec est pas le seul à s'en prendre à elle, rétorque Solal, laconique. Tu vas pas partir en guerre contre la moitié du lycée ?

— Eh bien, justement, est-ce que c'est la peine d'en ajouter ? Il y a d'autres moyens pour amuser ses potes !

— C'est vrai, que veux-tu, tout le monde n'a pas ton talent ! concède Léa avec un clin d'œil.

— Fais attention de pas en faire trop non plus, ajoute Alie. Ces mecs sont cons, mais Océane n'est pas une sainte-nitouche, et personne ne sait ce qui s'est passé à cette soirée. Rien ne dit qu'elle n'a pas tout inventé.

— On ferait mieux de rester en dehors de tout ça, insiste Beverly. Pas la peine de revenir là-dessus, on en a tous assez parlé l'année dernière.

Salomé ?

Oui, elle était là.

Non, ils ne l'ont pas entendue.

***

Ce jour-là, pas un ne l'a questionné sur l'aveu qu'il avait fait devant son adversaire. Tous pourtant avaient été informés : Louis Blondel avait été ajouté sur la page Facebook par le courageux administrateur anonyme. Attention, cet inconnu a des principes : il a joint la vidéo pour montrer qu'il n'était pas du genre à affirmer sans preuves.

C'est là que sa belle histoire d'amour a commencé à moisir, Louis s'en rend compte.

Ce jour-là.

Il s'est souvent rejoué la scène de la séparation, a cherché où ça avait raté, est remonté quelques semaines avant la rupture pour trouver la faille. Pourtant, jamais il n'a revu Salomé comme il la revoit, là, maintenant, figée par sa révélation.

Il avait couché avec Océane et tout était fini ?

Bien sûr que non, ça n'a pas été aussi simple. D'ailleurs, s'il n'était pas allé plus loin que cette altercation, peut-être que Salomé aurait digéré l'info et qu'ils seraient toujours ensemble. Si ce samedi…

Qu'il est douloureux, l'indécis jeu des « si ».

Salomé n'est pas revenue tout de suite sur ce qu'elle avait entendu. Elle a veillé à ne pas prendre part à leurs conversations de plus en plus animées sur Océane. Son silence était l'expression de son point de vue, Louis le comprend, là, ce soir, dans ce foutu train qui traverse cette foutue campagne.

Sous ses allures altermondialistes, antisystème, révolutionnaires, était-elle choquée à ce point que lui aussi ait succombé à l'initiation généreusement offerte par Océane ? Lui reprochait-elle de ne pas le lui avoir raconté ? Difficile, après l'échec de leur première fois, de lui confier que tout s'était délicieusement passé avec la seule autre fille qu'il avait connue avant. Ou avait-elle été simplement prise de court en découvrant en quelques secondes son passé sexuel et la violence dont il était capable ?

L'étudiant se moque gentiment de lui-même.

Un violent, toi ? Tu parles ! Une grande gueule, oui. Tu cherchais le coup d'éclat ce jour-là. Pas que ? T'es sûr ? Ouais, pas que, c'est vrai.

Louis était très amoureux de Salomé. Il était aussi frimeur et superficiel – ou décrit comme tel. Mais il avait aussi gardé un attachement insoupçonné à celle qui lui avait fait connaître sa première fois. De plus, il avait des principes. Et tous ces sentiments s'étaient mélangés à cet instant-là, dans ce couloir, pour former un produit explosif.

Certes… Mais pourquoi ne s'est-il pas contenté de ce coup d'éclat ? Parce qu'il avait justement une grande gueule, le sens de la rhétorique et plaisir à débattre avec ses potes ? Sans doute pour tous ces motifs réunis.

Oh, pas la peine de lui faire décerner la médaille du passager du TGV le plus valeureux, Louis n'a pas du jour au lendemain revêtu sa blanche armure de justicier au cœur pur. Les jours qui ont suivi, il s'est au contraire montré couard. Pas en évitant l'élève impliqué, qu'il méprisait (il a appris qu'il s'appelait Pierre), mais en veillant à ne pas croiser Océane. Il redoutait qu'elle ne le remercie.

— Elle aurait pu venir te dire merci ! a d'ailleurs insisté plusieurs fois Alie, très douée pour mettre le doigt là où ça fait mal.

Comment lui expliquer que c'est justement ce qu'il cherchait à éviter ?

Une semaine après l'altercation, Louis a été pris à partie par ses copains de S. La conversation s'est engagée sur le ton de la plaisanterie :

— Alors, mec, pourquoi tu t'es frotté à ce gringalet de Pierre ? En général, tu ne te mesures qu'à des adversaires de ton gabarit, a questionné Jules.

Mais Louis n'était pas d'humeur à rire :

— Je te rappelle que ce type a insulté une fille qu'il ne connaît même pas pour une histoire à laquelle il n'est pas mêlé !

— Tout le monde y est mêlé, ou au moins est au courant, parce que Océane l'a bien voulu, a rétorqué Jules d'une voix froide. Si tu veux partir en guerre, c'est contre le lycée complet qu'il faudra te battre.

— Eh bien, c'est ce que je vais faire.

Louis frimait, mais il se souvient que Jules l'avait fixé dans le blanc des yeux avant de murmurer :

— Elle doit sacrément bien sucer pour que tu la défendes comme ça.

— T'imagines même pas.

Non, il ne lui avait pas mis son poing dans la gueule. Jules était un copain. Mais Louis avait senti à ce moment-là qu'il était passé de l'autre côté. Pas parce que Jules avait tenu des propos inacceptables, mais parce qu'il avait en substance répété ceux de sa bande de potes. Si eux aussi se trompaient à ce point, il était temps de tendre la main à Océane.

— Je t'ai rien demandé, lui avait-elle d'abord rappelé quand il était allé la trouver. (Et dire qu'il avait eu peur de ses mercis !) Mais j'avoue que c'est réconfortant de se savoir un peu moins seule au monde.

À partir de ce jour, Louis avait veillé à parler à Océane chaque fois qu'il l'apercevait. Son attitude était peu appréciée par ses potes.

— Soit tu culpabilises parce qu'elle t'a dépucelé, soit tu cherches un moyen original de te mettre en avant, le charriait encore Alie.

Louis se contentait de hausser les épaules. Les réelles sources de sa motivation, il les ignorait. Il les ignore toujours, admet-il. Il se souvient juste que ça lui était devenu insupportable de laisser la masse s'en prendre à une seule. Son attitude a fini par porter ses fruits. Océane lui a confié un jour que les commentaires méchants et gratuits s'étaient taris, et que certains lui adressaient de nouveau la parole.

Salomé, elle, a eu du mal à accepter son nouveau combat. C'est par Léa et Mazo que Louis a appris plus tard que la pauvre avait subi de nombreuses railleries : pourquoi son mec avait-il besoin de soutenir la « biatch » du bahut ?

« Plus tard », c'était déjà trop tard… Dommage.

Une seule fois, le couple avait eu une discussion sur l'affaire. Océane s'affichait avec un nouveau copain, le premier depuis longtemps, et Salomé avait lancé, l'air de rien :

— C'est bien que ta copine ait un nouveau mec, ça va lui permettre d'avancer. Ça ne devait pas être évident après ce qu'elle a vécu. Enfin, si elle l'a vraiment vécu…

Louis avait décidé de ne pas relever le « ta copine ». Et de livrer le fond de sa pensée :

— On ne saura jamais si elle a menti ou pas. Et ça ne nous concerne pas.

— Tu veux dire que tu as des doutes ? s'était presque étranglée Salomé.

— Ben oui, comme tout le monde. J'y étais pas.

— Et pourtant tu l'as défendue contre tous ?

— J'allais pas l'enfoncer.

— Non, mais t'aurais pu rester en dehors de tout ça, ça ne te concernait pas, comme tu le dis si bien. Ou alors, c'est parce que…

— Parce que quoi ?

— Parce que rien…

Et Salomé avait coupé court. Un mois après, elle lui annonçait que ce n'était plus ça entre eux, qu'il valait sans doute mieux qu'ils se séparent quelque temps, qu'elle avait besoin de faire le point. Tout était allé si vite, peut-être qu'ils étaient trop différents, elle avait besoin de réfléchir. Peut-être que lui aussi, d'ailleurs.

C'était en mars, il y a plus d'un an. Un samedi après-midi, dans le lit défait de Salomé. Juste après l'amour. Sur le coup, Louis n'avait pas compris. Il avait protesté, puis avait promis. À elle de réfléchir et de l'attendre, à lui-même, en son for intérieur, de la reconquérir. Il sauverait son amour.

C'était le 18. En sortant de chez elle, il avait tenté d'appeler Alie. Son amie allait lui concocter un plan de reconquête infaillible. Mais elle n'avait pas décroché.

« Le TGV 7277 va entrer en gare de Boulogne-Ville… Veillez à ne rien oublier en descendant du train. »

C'est sûr, Louis n'oublie rien… Ce n'est pas faute d'essayer, pourtant !

L'étudiant attrape son sac. Il a des regrets : il aurait dû prendre le temps d'arrêter Océane pour avoir de ses nouvelles. Savoir si elle réussissait à avancer. Il espère, aussi : et s'il recontactait Salomé ?

Après tout, tant de choses ont changé en un an.

Mazo

Expéditeur : mazo62@gmail.com
Destinataire : louis.blondel@yahoo.fr

Hi, Louis !

Ça alors, si on m'avait dit, quand nous étions encore au lycée, que tu refuserais une virée en Californie parce que tu veux étudier, jamais je ne l'aurais cru ! Décidément, cette première année de prépa t'a métamorphosé. ☺ Ne t'inquiète pas, je comprends parfaitement.

Sache en tout cas que tu es le bienvenu quand tu le veux. Carol et Rodney, ma famille d'adoption américaine, me l'ont bien répété : « Your friends are welcome ! » (T'as vu comme je deviens bilingue, je vais tenir mes objectifs.) Et puis surtout, je vais très certainement prolonger mon échange et passer l'été ici. Tu peux donc envisager un voyage dès que tes cours sont terminés. Figure-toi en effet que j'ai décroché un *student job*, et pas des moindres. Yes sir ! Votre copine appartient désormais à la grande bande à Mickey. Bon, elle est moins sympa que la nôtre, mais elle est chouette quand même. Je travaille tous les week-ends à Disneyland, au service *ticketing*, et j'y serai à temps plein cet été. Je vends les billets d'entrée et manipule des liasses de dollars à t'en filer le vertige. C'est une expérience très sympa, une réelle découverte du management à l'américaine. J'y pense, tu devrais peut-être venir bosser ici, ça serait bon pour ta formation ! Le premier jour, je n'en menais pas large : tant de choses à retenir, et un langage très spécifique. Par exemple, nous ne sommes pas des employés mais des *cast members*, des membres de l'équipe. Et les clients sont nos invités, nos *guests*. Inutile de te préciser qu'ils mettent la main au porte-monnaie quand même. Bref, tout ça me fait du bien, cette bonne humeur entretenue commercialement participe à ma reconstruction. Et puis, je dois te livrer un scoop (même si Léa le sait déjà en fait) : je sors avec Goofy, alias Dingo ! Oui, le chien super-pote de Mickey. Bon, là, tu te dis : « Ça y est, elle dévisse complètement. » Je te rassure, je sors en fait avec Morgan, un grand beau black qui étudie la mécanique des fluides et se déguise tous les week-ends en Dingo. Ce serait si cool si tu pouvais le rencontrer, je suis certaine que tu lui plairais beaucoup.

J'ai vraiment trouvé ma place ici et je me surprends parfois à rêver : ah, si je pouvais y faire tout mon cursus… Mais je sais bien que c'est impossible. Je n'aurais jamais eu les moyens de financer cette première année si ce n'était pas un échange avec la fac de langues de Boulogne-sur-Mer (J'imagine parfois le choc pour les étudiants de Long Beach débarqués dans notre port de pêche pour un an !). Il faudra donc rentrer.

Au moins, j'aurai le grand plaisir de retrouver ma famille et mes amis. Vous me manquez beaucoup. Non, je vais être honnête, vous ne me manquez pas tant que ça, parce que je vous emmène partout où je vais. Vous êtes avec moi chaque seconde. Bon, quelquefois, j'aimerais bien troquer le bar à milk-shakes contre le *Cornet d'amour* et un chocolat chaud. Et puis c'est vrai que, avec dix heures de décalage horaire, je n'arrive pas souvent à vous choper sur WhatsApp. Mais c'est pas grave, vous êtes dans mon cœur, tu le sais, dis ? Qu'est-ce qui me prend, je voulais t'envoyer une grosse dose de soleil californien et voilà le cafard qui me submerge. T'inquiète, ça va passer. Ça revient de temps en temps, c'est inévitable. Embrasse bien les autres de ma part, très fort. Je vous aime !

Votre Mazo qui grandit enfin

Solal

Samedi 21 avril, le matin

Je chante un baiser
Je chante un baiser osé
Sur mes lèvres déposé

Alain Souchon
Le Baiser

La cuisse ferme, le bras tonique, la foulée franche : ce matin encore, Virginie Marly n'affiche pas ses quarante-cinq ans. Du moins, elle veut le croire. Certes, quelques racines grises dans ses cheveux la trahissent, mais elles disparaîtront dès cet après-midi chez Dessange sous un blond vénitien ou un auburn aussi étincelant qu'onéreux. Son humeur du moment décidera du ton : parfois elle se sent princesse, parfois elle se sent rebelle. Oui, toujours un peu gamine. Et alors ? Il ne lui reste pas grand-chose à prouver. Un mariage pas toujours facile mais heureux, trois enfants pas toujours faciles mais heureux, un poste de directrice administrative et financière (prononcez « DAF » !) d'une grande boîte parisienne, et même un projet d'expatriation à Singapour : l'adolescente boulonnaise qu'elle était n'a pas à rougir de l'adulte qu'elle est devenue. De même, cette adulte cohabite avec bonne grâce avec l'adolescente qu'elle est restée. Qu'elle redevient quand, comme ce matin, elle court à un bon rythme sur la plage qui relie Équihen à Hardelot. Cet après-midi, après le coiffeur, elle rejoint Céline, son amie d'enfance, au *Cornet d'amour*, l'antre de leur jeunesse. Elles vont refaire leur monde, se dire que le temps a passé, certes, mais que l'essentiel est resté puisqu'elles se retrouvent là devant un bon chocolat chaud.

En attendant, elle attaque les douze kilomètres aller-retour de son parcours, la foulée aérienne. C'est son moment. Si elle parvient à conserver son allure, elle rattrapera sans doute le jeune homme qui l'a dépassée il y a cinq minutes à peine (le salaud !). Tiens, le voilà qui s'arrête brutalement, se penche en avant, pose ses mains sur ses cuisses et se laisse finalement tomber dans le sable. C'est ça de partir trop vite ! Virginie le dépasse sans le regarder, elle ne va pas non plus fanfaronner.

Quand elle repasse une demi-heure et cinq kilomètres plus tard – oui, elle est fière de son temps –, le jeune homme est toujours là. Il fixe la mer. Il ne semble pas essoufflé ou blessé, mais quelque chose alerte la joggeuse. Ce jeune homme, qui doit être à peine plus âgé que son fils, l'intrigue. À cet instant précis, son iPod, en mode aléatoire, qui lui hurlait dans les tympans le dernier tube mixé par Kungs (on peut être quadra et tout à fait dans le mouv'), enchaîne sur une chanson d'un autre genre. D'un autre temps :

Tu verras bien qu'un beau matin, fatigué,
J'irai m'asseoir sur le trottoir d'à côté-é-é
Tu verras bien qu'il n'y aura pas que moi,
Assis par terre comme ça

Oui, Alain Souchon est sur sa playlist. C'est même un de ses chanteurs fétiches. Quand elle était enfant, elle se demandait comment un matin pouvait être fatigué. Aujourd'hui, elle place correctement la virgule et semble saisir pour la première fois ces paroles mille fois entendues :

Depuis l'temps qu'on est sur pilote automatique
Qu'on n'fait pas nos paroles et pas not' musique
On a l'vertige sur nos grandes jambes de bazar
Alors pourquoi pas s'asseoir ?

C'est vrai, ça : pourquoi pas s'asseoir ?

Tant pis pour sa performance, elle s'arrête. De toute façon, ce midi à table, personne n'aurait prêté attention au temps record qu'elle aurait claironné.

— Ça va ? hasarde-t-elle.

Le garçon tourne la tête vers elle, lève les yeux pour croiser les siens, mais garde le silence. « Quel regard ! » se dit la quadragénaire. « On dirait… » Qui ? Elle ne retrouve pas. Elle trottine sur place pour ne pas prendre froid. Et réitère sa question :

— Ça va ?

Toujours aucune réponse. Tant pis ! Virginie repart, enfin y songe, se tourne vers la droite et sa destination finale, puis fait volte-face pour se retrouver face au jeune homme.

— Tu sais, moi aussi j'ai grandi dans le coin.

Silence.

— J'en ai vécu, des aventures ici… Pas facile tous les jours de savoir où on va.

Silence.

— Qui on est…

Silence. Mais ce n'est pas grave, elle s'adresse autant à celle qu'elle est devenue qu'à celui qu'il est encore.

— Je crois que, quand on sait regarder la mer, on peut repartir serein. On ne se perd plus en route.

Un sourire moqueur se dessine sur le visage de la DAF-sportive : la voilà bien philosophe ! N'empêche qu'elle le sent : elle comprend ce jeune homme, ce qu'il est venu chercher là. Alors tant pis s'il se mure dans le silence, elle va prendre quelques longues bouffées iodées et nostalgiques à ses côtés.

Le sable, l'écume, les vagues, la mer, l'horizon…

— C'est là, répond-il, sortant son interlocutrice de sa méditation.

Dans la direction de « là », il n'y a en effet que la Manche, ses reflets verts, ses rouleaux. Virginie sursaute. Elle s'accroupit doucement près de lui, pas trop quand même, et murmure :

— Là que quoi ?

— Là qu'Alie et moi, nous nous sommes embrassés pour la première fois, annonce-t-il, une pointe de nostalgie dans la voix.

Une histoire d'amour ! Elle a manqué de flair si elle a interrompu sa super performance pour une amourette de lycéens – étudiants, peut-être ? – qui a mal fini ! Ou pas, d'ailleurs : difficile de discerner l'état d'âme du jeune homme. Oubliés Souchon et la communion avec la mer, la quadra peste contre elle-même. Puis l'image s'impose : ce regard, c'est celui de Paul Lecoutre. Oui, Paul et Virginie. Elle avait dix-huit ans. Ça a été si fort, si compliqué, si intense… et sensuel. Alors, contre toute attente, elle se laisse choir à son tour dans le sable – sur les fesses, elle –, hésite sur la question à poser pour faire comprendre à ce jeune homme qu'il peut se confier, que ses parents, son mari et ses gosses attendront, puis finalement se tait.

— Alie et moi, on n'aurait pas dû s'embrasser. Enfin si, ça a été le plus beau moment de ma vie. Ce que je veux dire, c'est qu'on était potes, pas amoureux. Enfin, moi, peut-être un peu… Des vrais potes, d'une vraie bande.

Le débit du garçon est décousu, lent et haché, comme s'il soupesait chaque mot avant de le prononcer et le regrettait à peine formulé.

— Tous les deux, on se connaissait… depuis le collège ! Léa la fréquentait avant, en primaire, même si elles n'étaient pas super copines à cette époque. Mazo et Bev', non. Louis non plus.

Alie, Mazo, Bev' ? Voilà de bien étranges prénoms. La joggeuse décide pourtant de ne pas relever : même si elle pressent que ce moment est une parenthèse comme elle ne sait plus s'en offrir, elle ne voudrait pas non plus trop s'éterniser. On l'attend.

— Alie est belle. Vraiment belle. Une jolie blonde, aux yeux verts, comme cette mer. Ses années de natation lui ont modelé un corps parfait, ou presque. Et là, vous êtes en train de penser : « Ce jeune homme me décrit la poupée Barbie. »

— Non, pas du tout ! s'offusque Virginie en se demandant comment il a deviné.

— Peut-être même que ça vous énerve.

Il est vraiment trop fort !

— Enfin, ne le prenez pas mal ! Si j'imagine que ça vous gave, c'est parce que dès la sixième le physique d'Alie énervait toutes les filles, même nos amies. En tout cas Léa, un peu. Et pourtant, Léa est jolie aussi, dans un autre genre. Rousse, plus discrète. Plus dramatique aussi. Alie, elle, a toujours été aérienne. Oui, c'est ça. Au collège déjà, elle marchait à cinq centimètres du sol. Et pas parce qu'elle portait des talons. Ça, ce n'est venu que plus tard. Pas beaucoup plus tard, non plus… Bref, Alie, c'est le genre de fille que j'aurais royalement ignorée si nous ne nous étions pas retrouvés voisins en sixième, le jour de la rentrée. Le dernier rang. Trois tables de deux. Louis, Bev', Mazo, Léa, Alie et moi. Je ne sais plus qui était assis à côté de qui. Mme Leclerc, notre prof de français, était aussi notre prof principale. C'est elle qui nous a donné cet étrange exercice de rentrée. Nous devions, par rangée, nous présenter mutuellement devant le reste des élèves. Pour cela, nous avions une demi-heure pour faire connaissance. Ensuite, il fallait résumer chacun de nous en une phrase. Trois adjectifs maximum. Louis ou Beverly en une phrase ! C'est impossible. Il était peut-être con, cet exercice. Mais je crois que le but réel était que nous fassions connaissance, et ça a marché. Notre ligne a remporté le plus grand succès, pour l'originalité. Faut dire que, de Solal à Beverly en passant par Marie-Zoé, on détonnait sacrément côté prénoms ! Alors on a joué la carte de l'humour.

Il se prénomme donc Solal ! C'est joli, Solal…

— Nous nous sommes retrouvés voisins à tous les cours. Toujours la rangée du fond. Ça nous donnait une vue imprenable sur le troupeau de la classe, rigolait Louis. Oui, il avait déjà un humour bien à lui. On était les bergers du cheptel, répétait-il. Franchement, des prénoms un peu originaux et cette dernière rangée, nous n'avions que ça en commun. Louis par exemple, je ne comprenais pas ce qu'il faisait là, pourquoi il n'était pas dans un collège privé. Tout le monde à Boulogne-sur-Mer connaît sa famille, au moins de nom. Il se comportait déjà comme le roi du bahut. Pas qu'il soit méprisant, non, c'est pas ça.

Mais on sentait que tout avait toujours été facile pour lui. Oui, à onze ans et demi, ça se ressentait déjà. Pas comme Beverly… La pauvre annonçait ses origines dès son prénom. C'est Alie qui a mis les pieds dans le plat, très vite : « Et toi, tu habites le quartier du Chemin-Vert ? » Beverly a confirmé sans même demander comment sa camarade avait deviné. Et, en effet, cette fille n'a rien d'une racaille de banlieue qui craint. D'ailleurs, le Chemin-Vert, ça craint pas. Ça transpire juste la misère et la pauvreté.

— Je connais… un peu, commente la quadra, perdue dans ses souvenirs qui s'invitent et se mêlent à ceux du jeune homme.

Il y avait aussi, dans sa classe, des élèves du Chemin-Vert…

— Beverly assume ses origines simples. Son prénom, moins, je crois. Mais elle n'a jamais rien dit à ce sujet. Elle était déjà complètement à l'opposé de ce prénom, d'ailleurs. Sérieuse, obsédée par les résultats scolaires. Pas parce qu'elle voulait prendre une quelconque revanche sur la vie ou quoi, non ! Juste parce qu'elle aimait déjà étudier. Elle est en médecine. Je suis certain qu'elle aura sa première année du premier coup. Mais je vous ennuie…

— Non ! s'étonne Virginie.

— Ben… tant mieux, se rassure le jeune homme. Attention, Beverly n'a pas grandi dans la misère. Elle n'a jamais manqué de rien. J'en dirais pas autant de Léa. Chez elle, ça n'a pas manqué d'argent, mais d'amour, de joie de vivre, de grande sœur et de petit frère, de fous rires à table, de légèreté. Léa n'en parlait pas, mais je crois qu'en sixième déjà, ça n'allait plus entre ses parents. Le jour de la réunion parents-profs, ils se sont engueulés devant tout le monde parce que sa mère n'avait pas noté le bon horaire pour le rendez-vous avec la prof d'arts plastiques. La pauvre Léa était morte de honte, ça se voyait. Je me souviens, j'attendais avec ma mère devant la classe du prof d'histoire-géo (autant dire que j'allais passer un bon moment, j'ai toujours détesté apprendre mes cours !) et je lui ai sorti mes plus belles grimaces pour lui arracher un sourire. Je vous montre ?

— Chiche ?

Et la joggeuse éclate de rire à son tour, avec la mer comme unique témoin. Elle ne comprend toujours pas pourquoi elle s'est arrêtée puis assise, ce n'est pas elle, ça, mais elle sait déjà qu'elle ne le regrettera pas. Son voisin de plage, d'abord mutique, s'est transformé en un vrai moulin à paroles. Elle se calme quand il se trémousse, comme si le sable le démangeait soudain.

— Alie non plus, fallait pas la juger à son allure et aux airs qu'elle se donnait déjà. Pas facile de s'appeler Aliénor et d'être fille de prof : elle avait pris double peine, comme elle le clamait en fanfaronnant un peu. Et ça n'allait pas s'arranger, parce que son père était prof d'histoire-géo au lycée, lui. Ce qui est certain, c'est qu'elle envoûtait déjà ceux qui dépassaient suffisamment leurs préjugés pour l'approcher. Comme si sa simple présence embaumait l'air. Je n'ai pas été amoureux tout de suite. Les filles, l'amour, ça ne m'intéressait pas du tout en sixième. Mais j'ai été maraboutė, ça, c'est certain, dès le premier jour.

Le jeune homme soupire. Il semble s'enfoncer un peu dans le sol meuble puis, tout à coup, se ressaisit.

— P'tain… j'ai zappé Mazo ! Mazo, c'est le surnom que Louis a très vite collé à Marie-Zoé. Il avait repéré en premier le plaisir que notre amie prend à se rendre utile et sa grande capacité à se faire avoir. Attention, jamais par nous !

Il se tait un instant, puis conclut :

— Vous voyez, on n'avait pas grand-chose en commun. À part un esprit de bande qui nous a unis dès le collège.

— Et toi ? Tu ne m'as pas parlé de toi…

— Le sujet sera vite expédié ! Moi, j'ai vécu pour les copains, les jeux vidéo et le tennis jusqu'à la classe de terminale. Jusqu'à ce soir où, sur cette plage, j'ai enfin embrassé Alie. Et voilà, je déforme déjà la réalité. C'est elle qui m'a embrassé, moi, j'aurais jamais osé. J'avais trop peur.

— Peur de quoi ? Qu'elle te repousse ?

— Non, je ne crois pas. Enfin si, peut-être. Peur de bouleverser les choses, même si j'en crevais d'envie. Je sentais qu'il y avait quelque chose entre Alie et moi… mais notre bande, c'était vraiment un trésor à préserver. Et une histoire d'amour dedans, sans même parler de rupture et tout, ça allait forcément mettre le bordel. Bon, puis faut être honnête, Alie a eu au collège comme au lycée une vie sentimentale… bien chargée.

Nouveau silence. Nouveau soupir.

— Dire que je l'ai même aidée à sortir avec Gabin en troisième… Puisqu'on est arrivés à ce chapitre, j'ai pris une sacrée douche froide quand j'ai appris qu'elle sortait en même temps avec le beau gosse de son club de natation. Pas parce qu'il était beau gosse, non. Mais parce que je ne trouvais pas ça très glorieux. Alie se comportait comme la caricature d'elle-même, celle qu'en dressaient les ingrates (oui, surtout des filles) qui la jugeaient sans la connaître. Elle a été bien emmerdée de se faire prendre à son double jeu, mais n'a pas exprimé non plus de véritables remords ! Je me souviens d'avoir pensé à cette époque qu'il valait mieux être son ami que son mec. C'est peut-être pour ça que je suis sorti l'année suivante avec Solène.

Et voilà, Solal se confie. À une inconnue, tandis qu'ils transpirent et se refroidissent. La vanne s'est ouverte à tel point que l'étudiant ne prend même pas le temps de le constater ou de se demander pourquoi.

— Oui, Solal et Solène, ça s'invente pas. Solène était tout ce qu'Alie n'était pas. Attentionnée, amoureuse, respectueuse, patiente. Collante aussi. Beaucoup de qualités pour un seul vrai défaut : elle n'était pas Alie. Et le pire, c'est que c'est elle qui l'a compris en premier et me l'a balancé en pleine figure devant les autres. Alie, elle, s'est acheté une conduite au lycée : un mec à la fois. Elle a craqué sur un élève de première et n'a eu de repos que le jour où elle s'est retrouvée dans ses bras et dans son lit. Je suis cynique, c'est vrai… et pas seulement parce que Alie nous a utilisés pour parvenir à ses fins. Ça me saoulait de la voir heureuse avec ce type à qui je ne pouvais rien reprocher. Tellement, d'ailleurs, qu'à un moment j'ai dérapé avec Léa. Léa, vous voyez qui c'est ?

— Oui, très bien ! assure la quadra, comme si elle fréquentait la jeune fille depuis toujours.

— C'est vrai qu'on avait partagé tous les deux une histoire incroyable avec nos amis migrants.

Des migrants, maintenant ! Il affabule ?

— Depuis, je la voyais autrement. Léa a toujours été plus sérieuse que nous. Pas sérieuse qui rime avec studieuse, non, ça c'est Beverly. Je vous l'ai dit ?

— Oui, s'impatiente la joggeuse, car le garçon s'égare une fois encore, et la chanson de Souchon n'affirme pas non plus qu'il faut passer la journée sur ce trottoir plus fatigué.

— Léa, elle a toujours été sérieuse, du genre « J'ai compris la vie, je sais ce que c'est, j'ai des valeurs à défendre et des cicatrices à exhiber ». C'est quand même une fille cool, et drôle aussi ! Enfin non, pas vraiment drôle. Bref, c'est mon amie. Mais un soir, ça a dérapé. C'était à la soirée de ses dix-sept ans, chez elle, enfin chez son père. Alie n'était pas venue, elle avait rejoint Benjamin à Lille. Le week-end de l'anniversaire d'une pote, vous reconnaîtrez que c'est une faute grave, non ? Louis était très occupé avec Salomé. Je ne me rappelle plus ce que faisaient Mazo et Beverly, ce n'est pas non plus comme si nous étions toujours embrochés sur notre rang de sixième. Léa et moi, nous avons dansé, bu, plaisanté, maudit Alie, parlé de Bana et Sayid, nos amis syriens…

Alors ce n'étaient pas des bobards !

— Il faisait chaud, nous sommes sortis, nous avons respiré le grand air marin d'Audresselles et là, je ne sais pas ce qui nous a pris, nous nous sommes embrassés. Oh, juste un petit bec sur les lèvres, rien de plus. Reste que c'était la première fois que ça arrivait dans notre bande. Nous sommes rentrés et nous avons passé le reste de la soirée loin l'un de l'autre. Pourtant, j'arrivais pas à penser à autre chose. Qu'est-ce qui m'avait pris ? Moi qui considérais les filles de ma bande comme des sœurs… Et Alie ? J'ai pensé à elle aussi, et ça m'a énervé. Je n'avais pas besoin de ça. Ce bisou entre Léa et moi n'avait aucun sens, ce n'était qu'un dérapage, de la tendresse entre deux amis qui ont trop bu. Léa le regrettait certainement autant que moi. D'ailleurs, elle m'évitait. Résultat : le lendemain matin, son sms m'a pris de court : « Tu veux en parler ? » écrivait-elle. Non, nous n'avions rien à dire, puisqu'il n'y avait rien ! Je ne me suis pas dégonflé, je l'ai quand même appelée. Elle a joué celle qui pensait comme moi, c'était juste un moment d'égarement à cause de l'alcool. Après tout, c'était un chaste bisou, nous ne nous étions pas non plus roulé une pelle sous la lune ! D'ailleurs, je ne sais même pas pourquoi je vous parle de ça.

— Sans doute que ça a compté un peu, intervient Virginie. Que ce n'était pas si innocent.

Si Solal avait été moins concentré sur ses souvenirs, il aurait perçu la note aiguë dans la voix de la joggeuse. Des souvenirs, encore… Une soirée, dans une boîte de nuit pas loin d'ici (le *Chatam* ?), où elle avait vraiment joué avec le feu. Ivan, le meilleur ami de Céline, pas son mec, non, mais un type intouchable à ses yeux… Voilà bien longtemps qu'elle n'avait pas pensé à lui et au soir où ils s'étaient embrassés. Pour de vrai ! Comme leur amie l'avait mal pris ! C'était ridicule : Ivan n'était pas son mec… Virginie avait été fière, elle doit le reconnaître, de « se faire » le meilleur pote de son amie. Une preuve supplémentaire et rassurante que rien ne lui résistait. Elle secoue la tête dans l'espoir de chasser ces réminiscences et constate qu'elle a perdu le fil du récit du jeune homme.

— Je n'ai pas réalisé, pas compris tout de suite que je m'éloignais. C'était devenu compliqué d'être avec toute la bande, comme si de rien n'était.

— À cause d'un simple bisou sur la bouche ?

— Mais je ne l'avais pas embrassée !

— Comment ça, tu n'avais pas embrassé Léa ? Tu viens de me raconter le contraire !

— Léa ? Mais je vous parle d'Alie, là ! Léa, c'était oublié depuis longtemps.

— C'est facile, commente Virginie, en pensant plus à Ivan qu'au jeune homme.

Mais ce dernier se méprend :

— Hé, attendez, on parle d'un bisou ! À une époque, Louis a proposé à Beverly de coucher avec elle pour l'initier, c'était autre chose !

— Votre ami Louis initie au sexe !

La joggeuse s'est presque étouffée. Faudra qu'elle fasse attention, sa cadette a quinze ans, elle vérifiera ses fréquentations.

Solal regrette d'avoir lâché cette information, mais s'enlise quand même en développant :

— Qu'il initie Beverly… qu'il lui apprenne, quoi ! Parce que Beverly a besoin d'apprendre, de tout apprendre. Ça n'aurait pas été sexuel. Enfin si, mais pas vraiment. De toute façon, ça ne s'est pas fait.

L'étudiant se tait un instant et regarde son interlocutrice comme s'il la découvrait à cet instant :

— On vous attend pas ? Je vous fais perdre votre temps.

— Oui, on m'attend, réplique Virginie. Et non… (Elle hésite une seconde.) Non, vraiment, tu ne me fais pas perdre mon temps. Continue.

— Mais vous m'interrompez plus.

— D'accord.

— Sauf si vous suivez pas.

— D'accord.

— Plus ça allait, plus j'étais amoureux d'Alie. Au point de pas calculer les autres filles. Heureusement que Louis était avec Salomé, il avait renoncé à nous caser à tout prix. Histoire de compliquer encore la situation, j'étais plus du tout naturel quand Alie était là. C'était très gênant : j'avais par exemple du mal à détacher mon regard d'elle. Les autres allaient forcément s'en rendre compte. Ça a été pire en terminale.

Avant, Alie était en couple avec Benjamin, et très amoureuse. C'était comme voir passer une superbe Ferrari dans la rue : j'aurais rêvé de la conduire mais je savais que c'était impossible.

— Vous êtes incroyables, vous les mecs, avec vos comparaisons automobiles ! s'offusque Virginie.

Et tant pis si elle avait promis de se taire !

— Ça va ! C'est comme… comme… comme si je rêvais d'affronter et de battre Roger Federer au tennis. Ça vous va mieux ?

— Oui, concède-t-elle. Parce qu'il est vraiment mignon, Federer.

— Vous voyez que vous n'êtes pas mieux que nous.

La quadra grimace, hésite.

— Continue !

— Donc, jusque-là, Alie était inaccessible et je le savais. Amoureuse et casée. Sauf que Benjamin est parti à Lille, et Alie n'a pas aimé ça. Elle s'est sentie délaissée, elle est devenue jalouse. Il sortait le soir en semaine et ne s'en cachait pas, ce qui était plutôt sain, je trouve. Mais elle psychotait : et s'il la trompait ? Ses inquiétudes étaient le sujet de conversation numéro un. Sauf en pleine crise Océane.

— Une crise océane ? C'est quoi ? interrompt encore la joggeuse en fixant la mer, comme si l'élément liquide détenait la réponse.

— Oh, Océane, c'est une fille du bahut… Elle n'était pas dans notre bande.

— Ah.

Donc on n'en parle pas ?

— Et ton Alie… Elle parlait de ses soucis amoureux avec vous tous ?!

— Ben oui ! (Cette fois, c'est Solal qui est interloqué.) Elle se confiait plus à Léa et Mazo. À Salomé aussi, et Beverly parfois, mais devant Louis et moi, bien sûr.

Salomé, c'est bon, elle a compris qui c'était. Pas membre historique de la bande, mais intégrée en tant que petite amie de Louis. Elle avait donc voix au chapitre. Démocratiques et ouverts, finalement, les copains !

— Tant que notre jolie blonde nous a répété que Benjamin était l'homme de sa vie, j'ai contrôlé mes sentiments. Mais là, je sentais une brèche chez elle, j'avais envie de m'y introduire, de bien écarter la plaie pour la consoler : « Quitte ce mec, sors avec moi, jamais je ne te délaisserai. » Bien entendu, je ne me décidais pas. Et, résultat, je supportais de moins en moins ses pleurnicheries. Alie savait se montrer très cruelle quand elle transformait en sketchs les histoires d'amour des autres, mais la sienne exigeait toute notre compassion, tout notre intérêt et notre respect !

— C'est étrange, cette façon de parler d'elle. Tu te prétends déjà amoureux à ce moment-là, et en même temps elle t'énervait pas mal, non ?

OK. Elle l'a de nouveau interrompu. Mais il était important de préciser ce point.

— Vous avez raison. C'est vraiment le paradoxe, avec Alie. Elle agace tout le monde et, en même temps, on lui passe tout. Elle est aussi envoûtante que détestable, parfois. Et ce n'est pas juste une histoire de physique ! Je pourrais vous raconter toutes les fois où elle a manipulé les uns et les autres pour parvenir à ses fins. Et les filles aussi. (Solal tape nerveusement ses poings l'un contre l'autre.) Mais aussi toutes celles où elle a été un formidable moteur pour notre bande. (Le jeune sportif se tait un instant.) Puis, je dois être honnête, c'est moi surtout qui lui pardonnais tout… Bref ! Je me répétais que nous allions passer notre bac, qu'APB allait nous disperser et que, si je ne voyais plus Alie tous les jours, je parviendrais à me détacher d'elle. Une petite voix me répétait qu'il était temps. Temps aussi, peut-être, que nous cessions d'être « les six potes ». Bien sûr, nous fréquentions d'autres personnes, mais nous nous jugions toujours les uns par rapport aux autres. Moi, par exemple, j'étais le garçon gentil, moins frimeur et moins branché « filles » que Louis. Résultat, si j'avais le malheur de sortir une vanne un peu sexiste, je me faisais lyncher. Tandis que Louis, nos copines le félicitaient presque quand il lançait « Regardez les jolies fesses de cette fille », parce qu'on était habitués à ses « Matez ce beau cul ! ». Prenez Beverly aussi : personne ne se préoccupait jamais de son moral ou de ses envies, parce qu'on partait du principe que, si elle avait des devoirs à rendre et des bonnes notes, tout allait bien pour elle.

Il se tait un instant. Du bout de l'index, trace une forme indistincte dans le sable.

— C'est elle qui me manque le plus. Enfin, après Alie…

Leur histoire n'a donc pas marché… Il vient de spoiler son récit ! Elle est tentée de le lui signaler, mais il a déjà repris :

— On se voit toujours, bien entendu. Mais Beverly chronomètre chaque seconde non travaillée depuis qu'elle est en médecine. Elle est particulièrement… motivée.

— C'est bien, non ?

— Ça suffira pas.

— Tu ne m'as pas dit que tu pensais qu'elle aurait son concours ?

— Si, bien sûr, son concours, elle l'aura.

La cadre sup ne comprend plus grand-chose. Situation aussi inconfortable que nouvelle, qui lui donne envie de se lever. De toute façon, elle sait que cette histoire d'amour finit mal.

— Je crois que je vais y aller…

— Oui, bien sûr…

Elle prend appui sur ses mains, tend les bras, commence à déplier les jambes… puis se laisse retomber : elle veut savoir ce qui s'est passé entre ce garçon délicat et la controversée Alie ! Elle veut les détails !

— Vous restez, finalement ?

— J'ai envie de connaître la suite.

— Vous m'avez dit qu'on vous attendait, vous devriez peut-être appeler. C'est long… sourit le garçon.

— Bonne idée ! reconnaît l'épouse-et-mère, qui se sent envahie une seconde par le remords. Et flûte, j'ai plus de batterie. Tu as un téléphone à me prêter ?

— J'ai pas de portable.

— Tu cours sans écouter de musique ?

— Non, j'ai juste pas de portable.

Elle s'étonne :

— Waouh, un jeune sans portable ! Faudra que tu m'expliques… Mais avant, parle-moi d'Alie !

Solal frissonne, puis prend une grande inspiration.

— J'ai pris mes distances, mais ça n'a pas fonctionné. Ils venaient toujours me rechercher. Je pense qu'ils ne s'en rendaient même pas compte. De toute façon, ils me manquaient trop. Ce sont mes amis, vous savez. Vraiment mes amis. Vous comprenez ce que je veux dire ?

Oui, elle saisit très bien. Elle est tentée de lui expliquer que la vie va lui en donner d'autres, pendant ses études, au travail, aux sorties d'école de ses futurs enfants. Qu'au début, il aura du mal à mélanger, ou voudra au contraire à tout prix que tous s'entendent très bien. Qu'il va glisser ses amis dans ses poches, comme de petits galets doux, limés par la mer. Qu'ils l'aideront toute sa vie à ne pas perdre son chemin. Que, par moments, il sera plus proche de l'un ou de l'autre, mais qu'il les aimera tous. Qu'un jour, il lui faudra avaler d'un coup la bande de celle qui deviendra sa femme, ou au moins sa compagne de vie. Que, quelquefois, cette bouchée-là a du mal à passer parce qu'on a déjà ce qu'il faut, et plus beaucoup d'appétit. Et aussi parce qu'ils ne sont pas toujours digestes, les nouveaux copains. Qu'au final, les poches s'alourdissent ainsi de nouveaux galets, mais qu'étrangement on ne dévie pas, on ne marche pas moins vite, bien au contraire.

— Un jour, Alie et moi étions seuls et j'ai craqué. Elle dissertait une fois encore sur son couple : est-ce qu'il m'aime toujours ? Est-ce que je l'aime vraiment ? Je n'en pouvais plus de sa ritournelle. « Largue-le. Tu verras bien comment tu te sens. Et comment lui le prend », je lui ai envoyé, un peu directement, je reconnais. Ça a eu le mérite de la faire taire un instant. Elle m'a regardé, estomaquée. « Je te croyais plus fin dans tes analyses », m'a-t-elle balancé. Je ne sais pas si c'est le ton qu'elle a employé, son menton très légèrement relevé, son haussement de sourcils accompagné de son sourire en coin… Je connaissais cette expression par cœur. « Puisqu'on en est au chapitre délicatesse, j'ai repris, tu sais que je suis amoureux de toi, tu pourrais m'épargner tes lamentations sur un autre. » Et là, je vous jure, elle m'a regardé comme si je venais de lui annoncer que j'avais grandi sur Mars et qu'on m'avait déposé sur Terre la veille de notre rencontre en sixième. « Mais Solal, mais Solal, mais Solal ! »… C'est tout ce qu'elle parvenait à répéter. « Mais quoi ? » Il fallait bien que j'interrompe son refrain. « Tu as déjà oublié la grande sortie de Solène ? » « Non, bien sûr que non, a-t-elle reconnu. Mais c'était… à la fin de la seconde. De l'eau est passée sous les ponts depuis ! » « Eh bien, pas sous le mien ! » Voilà. Et je me suis tu. Je venais de lui redire que je l'aimais, je n'allais pas développer. Je l'ai fixée. Je ne sais pas ce que j'espérais. Pas qu'elle se jette à mon cou, ça me paraissait impossible. Je crois que j'aurais aimé qu'elle me dise qu'elle aussi avait peut-être des sentiments pour moi. Que j'étais un peu plus que son pote. Même si elle ne voulait pas s'interroger là-dessus pour l'instant. Mais rien. Elle s'est murée dans le silence. À partir de là, Alie a veillé à ne plus se plaindre de Benjamin en ma présence. Et, comme nous étions finalement assez souvent ensemble, ça lui a fait du bien, je crois ! Quelquefois, je les voyais ensemble le week-end. Elle ne l'embrassait plus devant moi, à peine lui prenait-elle la main. Elle en faisait trop dans l'autre sens, au point qu'un jour Mazo lui a demandé s'il y avait un malaise entre eux. Elle a de vraies antennes, Mazo. « Non, bien sûr que non ! » s'est empressée de rectifier Alie. Je ne sais pas si Mazo a repéré le regard que notre amie m'adressait en coin. Ah, je vous ai pas parlé de Benjamin, le mec d'Alie. C'était un chouette gars, franchement. Très correct avec elle, très sympa avec nous. Il savait lâcher prise quand c'était nécessaire pour ne pas se prendre la tête avec Alie et, en même temps, il avait suffisamment de caractère pour ne pas se laisser piétiner. Il faut me croire quand je vous affirme que je n'ai rien vu venir. Un lundi matin, Alie a débarqué et nous a annoncé que c'était fini avec lui. D'un commun accord. Ils avaient eu une discussion sérieuse le samedi. « Benjamin considérait comme acquis que j'allais vivre à Lille l'an prochain, nous a-t-elle expliqué. Il ne me demandait pas de m'installer avec lui, mais on se verrait quand même plus. Moi, j'ai envie de tenter ma chance dans de prestigieuses écoles de théâtre à Paris. En plus, c'était plutôt égoïste de sa part de me faire venir à Lille alors que lui passerait ses concours pour les écoles d'ingénieurs n'importe où en France en juin suivant… On a retourné la question dans tous les sens, et on a fini par se dire qu'il valait mieux arrêter là. » Je peux pas vous dire si elle était malheureuse. J'exagère : elle l'était. Benjamin a compté pour Alie, c'est certain, et elle regrettait sans doute tous les bons moments qu'ils avaient partagés. Mais je crois que ça m'arrange de penser qu'elle n'était déjà plus amoureuse de lui à ce moment-là. Plus complètement. Plus tout à fait.

Solal se tait. Lui qui semblait s'adresser jusque-là à la mer se tourne vers son auditrice.

— C'est con ce que je vous dis, on ne peut pas être « en partie » amoureux, non ?

— Non, confirme Virginie. Du moins, je ne crois pas.

Regards de nouveau noyés dans la grande bleue.

— Alors là, je vous raconte pas – enfin si –, ça a été le tsunami complet dans ma tête. Dans mon cœur surtout. Alie était célibataire, ça changeait tout ! Ça n'était pas arrivé depuis… depuis longtemps ! Et je n'ai pas pu m'empêcher de penser que notre conversation avait influencé son choix de rompre avec Benjamin. Ou d'accepter la rupture, après tout, je n'étais pas là quand ils ont pris la décision. Je sentais bien que je devais calmer mes ardeurs, que tout n'était pas si simple. Après tout, j'avais le même défaut majeur que son tout frais ex : moi aussi, je partais à Lille l'année suivante. Elle n'allait pas se remettre dans le même cas de figure juste pour mes beaux yeux !

Et pourtant, ils en valent le coup !

Oups ! Qu'est-ce qui lui prend ?

— C'était pas simple à ce moment-là entre nous, nous étions en pleine crise Océane, comme je vous l'ai dit.

Encore ? Doit-elle lui demander ce que c'est, cette crise ? Un frisson la parcourt. Elle commence à sentir le froid. Faudra quand même qu'elle songe à rentrer. *Ne le dispersons pas plus.*

— Qui avait raison, qui avait tort ? Personne n'a jamais su. À part les deux personnes impliquées. Ce qui est certain, c'est que tout ça était très moche. Et nous pouvions philosopher sur le sujet pendant des heures, ça ne changerait pas grand-chose. J'ai été très étonné quand Louis a pris la défense de cette fille. Oh, mais je ne vous ai même pas dit de quoi il s'agissait ! s'excuse presque Solal. En résumé, Océane affirmait avoir été « abusée sexuellement » (Oui, Virginie perçoit les guillemets dans sa voix !) lors d'une soirée, et comme c'était, disons… une fille facile, et que le gars accusé, qui niait en bloc, n'avait pas mauvaise réputation, ce n'était pas facile de savoir qui disait la vérité.

— On dirait que toi, tu avais choisi ton camp, ne peut s'empêcher de commenter la quadra dans un sursaut féministe.

Le jeune homme la regarde, étonné. Puis abdique :

— Vous avez raison. Je ne voulais pas me l'avouer, mais j'ai toujours soutenu Victor. C'est peut-être pour ça que j'ai été si surpris quand Louis a choisi le camp adverse.

Là, Solal est tenté de préciser que Louis avait connu sa première fois avec Océane. Mais ce n'est pas cette fille, le sujet. C'est pour Alie, sa belle Alie, son amour, qu'ils sont assis là, au bord de leurs vies.

— Océane, Alie qui avait rompu, c'est comme si l'amour était soudain devenu un sujet très lourd. Bon, je vais être honnête, Alie ne s'est jamais lamentée sur son célibat tout frais. Pas parce qu'elle avait déjà envisagé la suite, je sais que ce n'était pas le cas, nous en avons parlé plus tard. Mais parce qu'elle est comme ça, Alie, elle a trop de choses à faire pour regarder en arrière. Pour le réveillon du nouvel an, nous étions tous chez un ami de Louis qui habite à Hardelot. Ses parents possèdent une grande villa dans la pinède, et il a invité cinquante personnes sans problème. En tout cas sur le papier. Parce que, une fois sur place, c'était une autre chanson : tous les meubles avaient été mis sous des draps, on devait enlever nos chaussures – si si, je vous jure ! – en tout cas si on voulait aller aux toilettes, parce qu'elles étaient situées dans la partie avec du parquet au sol. Le copain en question était super stressé, à surveiller que votre verre ne déborde pas.

Virginie se redresse. Quand même, c'est normal, non, de veiller à ne pas détériorer la villa où l'on est reçu ? Il est d'ailleurs hors de question que son fils organise une soirée dans leur appartement, même pour sa majorité qui arrive à grands pas ! Elle préfère lui louer une salle, même si c'est cher. Ou prévoir la réception chez ses grands-parents ? Fêter ses dix-huit ans au bord de la mer, voilà une idée aussi originale qu'économique !

— On n'organise pas un réveillon à cinquante personnes si on redoute la moindre tache de jus d'orange ! commente Solal. Bref, très vite, on s'est emmerdés ferme et on s'est barrés. Louis nous a dit qu'il connaissait bien le videur du *Chatam*...

Tiens tiens, le Chatam...

— … la boîte de nuit d'Hardelot, et que nous pourrions entrer à l'œil. Il faut croire qu'il avait surestimé leur amitié ou que les consignes étaient strictes ce soir-là, car nous nous sommes retrouvés dehors, comme des idiots. Nous avons envisagé de retourner à la soirée, mais Alie est partie dans un gros délire : on avait sali nos chaussures, jamais ils nous laisseraient entrer de nouveau. Louis, bien éméché, a proposé un bain de minuit. Beverly a failli en tomber dans les pommes. Nous sommes quand même tous partis nous balader le long de la mer.

Nous y voilà ! songe Virginie, presque déçue de voir poindre les derniers chapitres.

— À l'époque, je ne connaissais pas le coin. Les filles non plus. Nous avons donc suivi Louis. La lune n'était pas pleine mais éclairait suffisamment nos pas. Léa a voulu la jouer très nature et a enlevé ses chaussures pour marcher dans le sable. Elle les a tout de suite remises, c'était beaucoup trop froid. À un moment, Mazo a eu l'idée de regarder sa montre et a réalisé qu'il était minuit quarante-cinq. Oui, on avait tout simplement loupé les douze coups de minuit, Beverly y compris ! Nous nous étions éloignés des maisons et, avec le bruit de la mer, nous n'avions même pas entendu un seul pétard. (Solal se tait un instant.) Ou alors nous n'y avions pas prêté attention, car nous étions trop occupés à rigoler. On souhaitait une belle mention au bac pour Beverly, une super école de théâtre pour Alie, une vie de famille enfin apaisée pour Léa, le permis de conduire pour Louis, puisque son père lui avait déjà promis sa première voiture avec le bac. « Un mec, mais un mec bien, pour Mazo ! » a-t-il proposé à son tour. Louis n'a jamais eu peur de mettre les pieds dans le plat. Il a même ajouté : « Et un pour Beverly ! Un bel étudiant en médecine. » Elles ont protesté. Profitant de cette diversion, Alie s'est approchée de moi et a murmuré : « Je crois savoir ce qu'on peut te souhaiter. » Et elle m'a embrassé. Elle m'a embrassé ! Elle a juste posé délicatement ses lèvres sur les miennes, à peine ont-elles rebondi avant de oups, s'envoler ! Ses yeux, eux, ne se sont pas détachés des miens. Les autres en étaient venus aux mains, et Louis, étendu sur le sable, était attaqué par nos amies sous l'œil amusé de Salomé. *Nous avons très peu de temps avant qu'ils nous remarquent.* Voilà ce que j'ai pensé. J'ai posé ma main sur sa hanche, je l'ai attirée contre moi et je l'ai embrassée à mon tour. Un papillon avait frôlé mes lèvres, c'est un cheval fougueux qui franchissait les siennes. (Solal réfléchit, l'image du papillon lui plaît bien, celle du cheval le satisfait moins. En même temps, un cheval fougueux, c'est bien ce qu'il était à ce moment-là, non ?) Elle n'a pas résisté. Nos langues se sont enlacées et ont tourbillonné avec autant d'intensité que de brièveté.

(Mais qu'est-ce qui me prend de balancer des trucs comme ça ?)

Mais qu'est-ce qui lui prend de me donner des détails comme ça ?

— Les autres ne nous avaient pas surpris. Enfin si, Salomé avait assisté à la scène, nous l'avons su plus tard. La soirée a continué « comme si de rien n'était ». Nous sommes finalement retournés chez l'ami de Louis, je pense qu'on a mis du sable partout et que le lendemain sa mère n'a ni compris ni apprécié, et nous sommes rentrés à l'aube. Le beau-père de Léa avait accepté de faire le chauffeur de taxi.

Ou le Uber, se gargarise en silence la quand même Parisienne.

— Vous le croirez ou pas, le lendemain matin, j'avais un sms d'Alie. Elle annonçait la couleur : « On dit rien pour l'instant. » « On »… Nous étions donc bel et bien en couple ! On a vécu dans la clandestinité pendant deux mois, et ça a été juste magique. Elle effleurait parfois ma main, me glissait un baiser en douce entre deux portes, ou au contraire veillait à se tenir bien loin de moi à chaque pause. Moi, je brûlais d'amour pour elle. Je vous jure, littéralement ! Nos parents ne sont pas super ouverts, et on a dû composer pour… pour… ce que vous savez aussi. Comme si nous interdire de dormir l'un chez l'autre aurait pu nous empêcher de… (Solal se retient à la dernière seconde de préciser « de faire l'amour ».) Bon, ils n'étaient pas non plus au courant. Ça nous plaisait, ce chaud secret. Après, Alie n'a pas voulu dire quoi que ce soit à ses parents, parce que son père était aussi mon prof d'histoire-géo. Ça aurait été bête de me prendre une note de merde (Solal ne se retient pas cette fois…) par un beau-père possessif, non ? Déjà que j'ai jamais été très bon dans cette matière…

— C'est sûr… abdique Virginie, qui se questionne maintenant sur les règles qu'elle a fixées à son fils à propos de sa petite amie.

Elle aussi a refusé que la jeune fille vienne dormir, elle en était super fière sur le coup. Là, elle se sent tout à coup moins moderne. Et bernée en plus ! Son fils n'a sans doute pas non plus attendu sa bénédiction. Ces derniers temps, il a dormi plusieurs fois chez son copain Thomas. C'était juste une couverture ?

Solal, englouti par ses souvenirs, ne note pas la grimace sur le visage de sa confidente. Son égarement est aussi douloureux que délicieux. Remontent les premières étreintes, ses mains sur la peau nue d'Alie. Le désir qui brûle mais qu'on ne satisfait pas encore. Puis ce jour où il a abandonné sa virginité, son enfance, leur amitié, dans l'intimité de celle pour qui, inconsciemment sans doute, il se réservait. L'explosion de plaisir et de bonheur.

Ces corps-à-corps volés les semaines suivantes, dans les maisons désertées par les parents partis faire les courses, dans la grange de ses grands-parents. En plein mois de février, rien de très romantique à se poser sur les meules de foin. Mais ils avaient tant ri ! Alie, seule avec lui, semblait avoir oublié toutes ses manières de princesse, ses allures hautaines, son cynisme. Solal ne s'en était même pas étonné. Fier, il se répétait qu'il avait toujours su que sous les airs capricieux de la jolie blonde se cachait un grand cœur. Que la superficialité de son amoureuse n'était qu'un comportement de façade. Jamais Alie ne lui parlait fringues, maquillage ou cheveux ternes. Bon, OK, elle se rattrapait quand ils étaient avec les autres. Il l'écoutait alors en se demandant si c'était bien la même jeune fille qui l'avait embrassé si généreusement dix minutes plus tôt.

— Cette aventure cachée, c'était à la fois très excitant et très frustrant, reprend-il finalement. Nous ne la partagions pas avec les autres. C'était la première fois en sept ans que nous avions un secret dans la bande. En fait, non, Alie nous avait déjà caché… sa vie amoureuse. (Vite, changer de sujet !) Léa, elle, ne nous avait pas dit qu'elle avait craqué sur notre prof de français en troisième. « Et Louis ne nous a parlé de la pension qu'à la fin de la troisième », argumentait Alie quand j'affirmais mon envie de révéler notre histoire. « Y a que Beverly qui ne nous a jamais rien caché, elle en est incapable ! » ajoutait-elle. C'était méprisant – un peu – et surtout faux : Beverly a été victime de harcèlement en troisième, seuls Louis et moi sommes au courant, et il a vraiment fallu que je la chatouille pour qu'elle lâche le morceau.

Du harcèlement, maintenant ? Virginie s'interroge : elle s'arrête là par hasard, pas dans les quartiers chauds de Marseille ou de banlieues mais dans sa région natale, et ce garçon lui parle naturellement d'agression sexuelle et de harcèlement. Était-elle à côté de la plaque en imaginant ses enfants à l'abri de tout ça ?

— Enfin, Alie a accepté que nous révélions notre relation aux autres. Mazo organisait une soirée pour ses dix-huit ans, et nous voulions être… libres de nos gestes ce soir-là. Surtout que nous restions dormir sur place. Notre première nuit… Pas question de balancer l'info au cours d'une pause, Alie avait envie d'un moment spécial pour ça, et je la comprenais. Forcément, ça s'est passé au *Cornet d'amour*. J'ai laissé ma chérie s'exprimer et j'ai examiné les réactions. Beverly a failli en lâcher sa tasse. Louis aussi a été abasourdi : « Ça alors, j'ai toujours cru que tu allais sortir avec moi ! » a-t-il ironisé, oubliant un peu vite la présence de Salomé. Penaud, il n'a pas pu développer, mais nous avons tous compris ce qu'il sous-entendait : Alie et lui partageaient une même philosophie de la vie, ou au moins une même attirance pour tout ce qui brille. Et tant pis si on les jugeait pour ça.

Faudra qu'elle pense à répéter la formule à sa fille, en première !

— Léa, elle, a affirmé qu'elle le savait. Elle avait tout deviné. « Ah bon, et comment ? Et quand ? » a contesté Alie. Elle était persuadée que personne ne nous avait découverts et en faisait presque une question de fierté. Beverly a coupé court : « Ça va changer quelque chose ? » « Bien sûr que non ! » avons-nous sincèrement menti à l'unisson. Alie et moi voulions que ça ne bouleverse rien, mais c'était impossible, nous le devinions déjà. Puis nous avons eu droit au jeu des questions-réponses, lancé par Louis. « Ça a commencé quand ? », « Laissez-nous deviner ! » Léa s'est trompée en affirmant que notre histoire avait débuté avant la rupture avec Benjamin. J'ai vu que sa suggestion avait énervé Alie, même si elle a tenté de le cacher. « Tu sais, j'ai changé », a-t-elle juste déclaré. Et Léa lui a pris la main et l'a serrée très fort. Louis, Mazo et Bev' ont donné leur langue au chat, et nous allions tout leur raconter quand Salomé a lâché : « C'était au réveillon. » Nous l'avons félicitée. « Comment tu sais ça ? » s'est étouffé Louis. « Je les ai vus. » « Et tu m'as rien dit ? » « Toi, tu m'as dit pour Océane ? » Oups… Petit blanc, et les nez dans les tasses de chocolat chaud.

— Tu sais que moi aussi j'allais au *Cornet d'amour* jeune, divulgue la quadra, qui en a tout à coup deux fois moins. Et j'y vais toujours.

— Trop fort ! Vous avez du goût. Et de bons amis aussi, sûrement.

Virginie sourit et Solal poursuit. Il raconte les regards des amis sur eux deux, ces regards qui ont vite changé. Les phrases que Louis commence mais n'ose pas finir. Il vient d'apprendre que Solal n'est plus puceau, mais ne peut ni le questionner ni le charrier : on parle quand même d'Alie, « leur Alie », même si elle est désormais un chouïa plus celle de Solal. Les sourires émus de Beverly quand ils se tiennent la main. Leur amie ne s'occupe toujours pas de sa vie amoureuse mais se réjouit de celle de ses potes. Léa qui se tient en retrait, qui appelle moins Alie, qui traîne plus avec ses amies de L.

— Mazo a senti que Léa bloquait, et je sais qu'elle est allée lui parler, elle me l'a raconté plus tard. Alie s'énervait que notre histoire soit ainsi disséquée et jugée. Pour elle, nous étions ensemble, c'était comme ça. Elle a pesté, puis est arrivée un jour avec six bracelets qu'elle avait faits elle-même. Et je vous assure que c'est un exploit, Alie était bien plus dans la consommation que dans la fabrication ! Des petites perles d'acier entremêlées dans un fil de coton. (Solal tend le poignet.) Je porte toujours le mien. « On est les six doigts de la main, a-t-elle commencé. Depuis la sixième, et pour longtemps encore. Alors, oui, Solal et moi nous sommes ensemble, et non, ce n'est plus tout à fait pareil. Mais ça ne remet pas tout en question. Quand on se mariera, vous serez tous nos témoins. Et, quand on aura des enfants, tous parrain et marraines ! » C'était ça, Alie. Non, elle n'avait pas fabriqué de bracelet pour Salomé. C'était ça aussi, Alie… Depuis toujours, elle savait nous mettre les nerfs à vif, puis nous donner envie de se jeter dans ses bras. Moi, j'aurais tant aimé qu'on se marie, qu'on ait des enfants et qu'on vive heureux très longtemps… Mais la vie n'est pas un conte de fées.

Non, bien sûr que non, se dit Virginie. Mais cette histoire est quand même très belle, non ? Très pure. Alors pourquoi ce voile soudain sur les yeux de son interlocuteur ? Son Alie l'a jeté ? C'est dur à croire… Pour la première fois depuis… depuis qu'ils causent, là, Virginie doute. Elle a le sentiment de connaître cette Alie, elle l'imagine bouger, elle l'entend parler. Cette fille l'agace même parfois, et en même temps elle lui fait confiance : elle n'a pas quitté ce garçon comme ça, sur un coup de tête.

— Ça… ça s'est mal fini ?

— Nous avions rendez-vous un samedi après-midi en ville. Ma mobylette ne démarrait pas et j'allais être en retard. Alors je lui ai envoyé un message pour la prévenir. Et…

— Et ?

— PUTAIN, VIRGINIE ! QU'EST-CE QUE TU FOUS LÀ, ASSISE PAR TERRE ?

Ils sursautent tous les deux. Dans la voix, masculine, se mélangent inquiétude et colère. La joggeuse est la première sur ses pieds. C'est Bruno…

— C'est mon mari.

— Ça fait deux heures qu'on t'attend ! Tu réponds pas à ton téléphone, j'ai eu peur, je me suis dit que tu t'étais blessée !

Deux heures ? Ils n'ont pas parlé deux heures… Regards circonspects.

— Oui, une heure peut-être, mais j'ai eu peur, rectifie Bruno-le-mari. Ta mère aussi. Les enfants ont tenu à ce que je vienne. Et je te retrouve là, à… à discuter avec…

— Solal. Il a l'âge de Julien. Enfin, un an de plus.

Bruno dévisage le jeune homme. Y lit tout sauf une menace extraconjugale. Redevient l'homme au grand cœur qu'il est :

— Ça va pas, jeune homme ? Vous avez besoin d'aide ? s'inquiète-t-il.

— Non, ça va ! s'excuse presque Solal. J'avais juste besoin de…

L'étudiant hausse les épaules.

— De parler ! complète Virginie. Il avait besoin de parler. Viens, on rentre.

Elle se tourne vers Solal. Se sent idiote. Voudrait savoir. Puis non. Si ?

— Prends soin de toi.

Elle ironise :

— Rassure-moi, elle a bien été prévenue de ton retard, elle ?

— Oui. Elle me répondait quand la voiture l'a renversée.

Mazo

Expéditeur : mazo62@gmail.com
Destinataire : solal@orange.fr

Salut Solal,

Je te remercie pour ton message d'anniversaire. Sept lignes de texte, tu as battu tous tes records ! ☺

Ne t'inquiète pas pour le cadeau, tu sais ce dont je rêve : une heure au *Cornet d'amour*, un chocolat chaud à six, les vannes de Louis, les questions de Beverly, le dernier achat d'Alie, le dernier livre critiqué par Léa. Et un tour sur ta mob ! Ce n'est pas possible, c'est juste comme ça…

Allez, je vais arrêter mes babillages. Je veux juste te redire, mon ami, que le jour où tu auras envie de parler, je serai là.

Je t'embrasse très fort,
Mazo

Beverly

Samedi 22 avril, après-midi

L'os spongieux est formé par un lacis tridimensionnel de spicules et de trabécules ramifiés et anastomosés, délimitant un labyrinthe d'espaces intercommunicants occupés par de la moelle osseuse et des vaisseaux.

PACES – UE2 – Histologie (étude des tissus)

Un an, un mois et trois jours.

L'étudiante voudrait arrêter, mais elle ne le peut pas : certaines femmes se pèsent dès qu'elles se lèvent, Beverly, elle, regarde son calendrier, et compte mentalement.

Cet après-midi, comme tous les samedis depuis septembre, elle prend le bus pour se rendre chez ses grands-parents. Partage une chicorée avec eux. Les rassure du mieux qu'elle peut : non, elle ne se ruine pas la santé à étudier. « Tomber malade parce qu'on veut soigner les autres, ça serait un comble ! » ironise encore pépé. Oui, il radote, et non, ce n'est pas grave. Une demi-heure après son arrivée (pas à la minute près mais pas loin), Beverly pose sa tasse et repousse sa chaise. C'est le signal.

— La voiture est dans le garage, j'ai mis de l'essence, rappelle pépé.

— Tu salueras ton amie pour nous, ose du bout des lèvres mémé.

Beverly leur sourit. Les embrasse. Les aime tant.

Sur le siège passager, sa grand-mère a laissé une boîte avec des sablés tout chauds. Beverly les offrira à l'équipe et lui rendra le Tupperware vide ce soir. Sa grand-mère y tient, elle l'a acheté dans une vente chez sa copine Monique, elles avaient bien ri ce jour-là.

Beverly n'a eu aucune difficulté à décrocher le code de la route. Par contre, elle a passé l'épreuve pratique du permis de conduire deux fois. La première fois, l'inspecteur a été obligé de lui refuser : cette candidate respectait tellement le code qu'elle ne s'imposait pas dans la circulation et en devenait dangereuse. C'est lui qui lui a fait repasser l'examen un mois plus tard, et il a abdiqué : elle ne transigerait pas avec les règles, les autres automobilistes devraient s'adapter. Et patienter au feu tout juste orange.

Beverly pourrait se rendre à Berck-sur-Mer avec la voiture de ses parents. Mais il lui faudrait surveiller l'heure, caler sa visite entre le cours de danse de Bella, sa petite sœur, et les dernières courses du samedi soir. Ça, c'est pour la question pratique. La voiture de ses grands-parents, c'est aussi l'odeur des bottes de son grand-père, algues séchées sur caoutchouc, qui se mêle à celle des biscuits. Le chapelet rapporté de Lourdes (encore avec Monique !) par sa grand-mère. Ce sont ses souvenirs d'enfance. Et Beverly apprécie cela, même si elle reste trop rationnelle pour en avoir conscience.

L'autoroute A16 n'est jamais chargée, la départementale 901 est fluide hors saison. Même en respectant les limitations, il ne faut pas plus de quarante-cinq minutes pour parcourir les cinquante-quatre kilomètres jusqu'au Centre héliomarin, rue du Docteur-Calot. L'étudiante connaît la route par cœur. Comme elle peut réciter aussi à la note près « Les trente plus grands succès de Michel Sardou », seul CD que la Peugeot a dû connaître. Tous les samedis, c'est la même rengaine : la terre brûle aux vents des landes de pierres quand Beverly fignole son stationnement – toujours garée en marche arrière, prête à repartir – sur le parking de l'établissement médical. Elle coupe le contact, attrape la boîte en plastique et son sac. Le Connemara attendra.

Elle avance de quelques pas. Juste apercevoir la mer, deviner si elle monte ou elle descend, écouter le cri des mouettes. Prendre une très longue inspiration. Puis elle se retourne et se dirige vers le bâtiment.

Depuis le renforcement du plan Vigipirate, elle doit présenter son sac ouvert à un vigile posté juste derrière la baie vitrée. Ensuite, elle circule seule et librement. Elle connaît son chemin, et les équipes la connaissent. Elle dépose les biscuits dans la salle de repos du personnel, remonte le couloir, frappe deux petits coups et entre dans la chambre.

***

Pour la première fois de sa vie, Beverly n'a pas compris ce qui se passait. Comme si certains de ses neurones avaient court-circuité et que son cerveau, à la fois moteur grillé et mécanicien impuissant, ne pouvait que constater les dégâts.

Traumatisme crânien, commotion cérébrale, lésions, elle connaissait tous ces mots. Mais ils perdaient tout sens dès qu'ils figuraient dans la même phrase que le prénom de son amie. Alors, les faits. Rien que les faits. Elle s'y est accrochée, les premières heures.

D'abord : Alie a eu un accident.

Puis : Alie s'est fait renverser par une voiture.

Encore : Alie s'est fait renverser par une voiture, elle a été prise en charge, en urgence, par les pompiers.

Une variante : Son état est critique.

Critique. Pas comme celles que son amie adore distribuer aux autres sur un ton aussi léger que cinglant. Non, l'autre sens de critique, quand il se révèle encore plus dangereux. Critique comme « attention, ça va peut-être mal se finir ».

Beverly accepte de croire qu'il y a peut-être une vie sur Mars. Qu'on n'a découvert et exploité qu'une infime partie de nos possibilités cérébrales. Que les voitures rouleront un jour sans chauffeur. Qu'elles voleront, même, si ça vous fait plaisir !

Mais qu'une conductrice fasse exploser sa bande par inattention, non, ça c'est juste pas possible !

— Qu'est-ce qu'on fait ?

Voilà ce qu'elle a demandé quand Mazo l'a appelée, en larmes. Mazo prévenue par Léa. Léa prévenue par Solal.

— On appelle Louis.

Bien sûr, on appelle Louis.

— Je m'en charge, a assuré Beverly.

C'était un samedi après-midi, il était donc, sans doute, avec Salomé. Ils forment un joli couple. Un peu grâce à elle. Beverly n'est pas du genre à se gargariser. Ou même à formuler de telles pensées. Mais là, elle a senti que ça l'aidait. Elle s'est cachée derrière cette certitude, le temps d'affronter le monstre que Mazo venait de lâcher dans son existence. Alie – leur Alie – a eu un accident, et c'est grave. Très grave.

Elle ne s'est pas dégonflée. Elle a appelé Louis. Sa voix était aussi métallique que celle des boîtes vocales qui vous invitent à appuyer sur dièse pour joindre un hypothétique service après-vente le jour où votre télé vous lâche. Pour autant, Louis ne s'est pas laissé berner. Il a hurlé :

— Putain merde, Beverly, mais qu'est-ce que tu racontes ???

Elle a répété, sa voix chevrotait cette fois.

— On fait quoi ? a-t-il bafouillé.

— Je sais pas, a-t-elle répondu.

Avant d'écouter – allez savoir pourquoi – son intuition :

— Ça va, toi ?

— Oui, t'inquiète. (Silence quand même.) Faut aller à l'hôpital, non ?

En fait, Salomé venait de le quitter, Beverly l'apprendrait le lundi de la bouche de la jeune fille. Mais ça n'allait pas si mal, finalement. Il y a des degrés dans le drame, dans la douleur, que Louis allait expérimenter ce week-end-là.

Ils sont donc arrivés, comme ils ont pu, à l'hôpital de Boulogne-sur-Mer. Le bus pour les uns, la voiture familiale pour les autres. Des parents inquiets, qui proposent de rester.

— Non, ça va aller.

Qui font promettre d'envoyer des nouvelles dès que possible.

— Oui, je te tiens au courant.

Qui reviendront les chercher, il suffit d'appeler, ils restent près de leur téléphone, OK ?

— Oui, t'inquiète.

Qui repartent et croisent, gênés, le père d'Alie qui arrive. Ils amorcent un pas vers lui, puis reculent. Que peut-on dire dans une telle situation ?

Les potes ont déjà envahi le hall, pris d'assaut le bureau d'accueil. Leur offensive est restée vaine, ils n'ont pas pu voir Alie. Elle était intubée, elle était ventilée, elle était au scanner. Très occupée, leur amie, comme toujours.

Eux, ils étaient débordés. Explosés. Ravagés. Résignés quand ils ont rejoint la salle d'attente, se sont assis sur la banquette trois places. À cinq, bien serrés. Ils ont attendu, spéculé, retenu, lâché puis séché leurs larmes. Ils se sont réconfortés : elle s'en sortirait sans doute avec un membre cassé, pas plus. Peut-être des séquelles motrices, une légère paralysie faciale. Un fauteuil roulant ? C'était déjà plus compliqué à envisager. Mais elle s'en sortirait, en tout cas… hein, dis ?

— VOS GUEULES ! a hurlé Solal en bondissant hors du canapé.

Il est parti vers la droite, a fait demi-tour, a foncé vers la gauche et l'entrée, dehors, le parvis de l'hôpital battu par les vents marins. D'un geste parfaitement synchrone, Mazo et Léa ont voulu se redresser. Louis, assis entre elles deux, a posé une main sur une cuisse de chacune. Et exercé une légère pression.

— Laissez-le. Il a besoin d'être seul.

— Tu crois ? a questionné Léa.

— Si tu le dis, a capitulé Mazo en posant la tête sur l'épaule de son copain.

D'accord. Ils ont laissé Solal un peu seul. Ça ne changeait rien. C'était lui l'amoureux. Mais il n'était ni plus inquiet ni plus triste qu'eux, ils le savaient tous.

Parce qu'ils sont les six doigts de la main.

***

Comme chaque fois qu'elle pénètre dans la chambre, Beverly est saisie par la chaleur qui y règne. Pas de celle qui délasse ou réconforte, non. Une chaleur qui agresse. Qui rappelle la fragilité de celle qui loge ici.

— On se croirait dans une couveuse, a murmuré Louis lors de leur première visite à Berck.

Et c'est bien ça : une couveuse. Et un oisillon perdu dans le grand lit. Beverly caresse Alie de sa voix douce :

— Salut, Alie, c'est moi.

Comme seule réponse, le bruit pourtant discret du respirateur artificiel. Oooouuuuh… inspiration, pschiiiiii… expiration : Alie souffre d'un terrible manque de vocabulaire depuis quelque temps. Elle est allongée, les yeux fermés. Beverly se souvient qu'ils sont verts, mais de quelle nuance exactement ? Non, ne pas laisser ces pensées acides bombarder son cerveau. Se concentrer. Elle dépose deux bises sur les joues creuses et molles de son amie, prend place dans le fauteuil, tire à elle la table glissée au pied du lit. C'est moche, mais pratique. L'étudiante y dépose son sac, sort ses cours, ouvre son polycopié. UE2 : elle travaille toujours la même matière auprès d'Alie. Celle qui nécessite d'apprendre par cœur. Sans forcément réfléchir.

« L'os spongieux est formé par un lacis tridimensionnel de spicules et de trabécules ramifiés et anastomosés, délimitant un labyrinthe d'espaces intercommunicants occupés par de la moelle osseuse et des vaisseaux. »

***

Louis avait raison : Solal est revenu. Il s'est planté devant eux, a amorcé un « déso » qu'il a ravalé et a questionné d'un haussement de sourcils : y avait-il encore de la place pour lui sur cette banquette ? Mazo et Beverly ont répondu par un glissé de fesses simultané, et il est venu se blottir entre elles.

Au fond du couloir, les parents d'Alie ont fait leur apparition, précédés par Clovis. Capucine, leur benjamine, a surgi trente secondes plus tard, une canette de Coca à la main. En voyant leurs élèves, actuels ou anciens, ainsi alignés, les deux profs ont esquissé un triste sourire.

— Alors ? a hasardé Beverly.

— Aliénor a subi un traumatisme crânien grave qui lui a fait perdre connaissance. Ils cherchent à déterminer si le choc a entraîné des lésions dans les centres vitaux, a commencé son père.

Lui qui était si théâtral quand il racontait en cours la guerre froide ou la chute du mur de Berlin parlait d'une voix blanche, comme cet endroit.

— Elle va être transférée en urgence sur Lille. Ils vont l'emmener en hélicoptère, a poursuivi sa mère. Vous devriez peut-être rentrer chez vous.

— Est-ce que…

C'est Léa qui a tenté de prendre la parole. De poser la seule question qui lui brûlait les entrailles, Beverly l'a compris. Alors elle l'a rassurée d'une main posée sur son bras et a repris :

— Léa voudrait savoir… nous voudrions tous savoir… si elle va s'en sortir.

Sa voix n'a pas tremblé, elle en est certaine ! Elle a cru qu'elle maîtrisait l'émotion qui venait de mettre son ventre en programme essorage. Pourtant, la maman d'Alie n'a pas résisté et a éclaté en sanglots.

— Les médecins ne peuvent pas se prononcer pour l'instant, est intervenu Clovis.

— Alors nous attendons avec vous, a tranché Louis. Au moins l'hélicoptère.

Et les parents ont de nouveau souri.

— Nous retournons auprès d'elle. Enfin, là-haut, puisque nous ne pouvons pas l'approcher pour l'instant.

— Je reste avec ses amis, a hasardé Clovis.

— Moi aussi, a ajouté Capucine.

Les deux silhouettes soudainement voûtées ont disparu au bout du couloir. Dans le hall d'accueil, quelques mots ont fissuré les cœurs verrouillés. Des phrases anodines : « Ça y est, il fait nuit. » Beverly ne s'est pas mêlée à la conversation. Impossible. Elle a songé à ce que le père d'Alie avait annoncé, et son cerveau a de nouveau calé. « Des lésions dans les centres vitaux. » Elle a pris la phrase, l'a analysée, l'a mise en perspective. Alie la nageuse, l'experte en bottes à talons, la râleuse, la comique, la vanneuse, la jolie blonde, la chérie d'amour de Solal, la super-amie… Alie aurait des lésions-dans-les-centres-vitaux. Beverly n'a pas hurlé, elle n'a pas tourné de l'œil. Elle a blêmi un peu. Et elle est restée silencieuse.

Dans les poches, les téléphones portables se sont mis à vibrer. Appels ou messages des parents : « Je viens te chercher ? » Mazo a négocié un délai par sms. Léa est sortie pour répondre. À travers la vitre, les autres ont assisté à un spectacle de mime : elle a joué la supplication, puis la colère. Lasse, elle a raccroché, décoché un regard hargneux à son smartphone comme s'il s'était rendu coupable d'une quelconque complicité, puis est rentrée.

— Il peut toujours se pointer, je bouge pas.

Vingt minutes plus tard, « il » s'est pointé, a tenté de négocier, a compris.

— Je vais attendre avec vous, a capitulé son père.

À cet instant, l'hélicoptère s'est annoncé. Ses pales ont déchiré leur ciel d'adolescents. Les parents d'Alie sont revenus :

— Dès qu'elle a décollé, nous partons en voiture, a précisé M. Stelandre. Clovis, on vous dépose, ta sœur et toi.

— Comment va Alie ? a demandé une nouvelle fois Beverly.

M. Stelandre l'a fixée une toute petite seconde. Comme s'il hésitait. Comme s'il plaignait cette amie de sa fille qui allait apprendre ce qu'il savait déjà :

— Elle est intubée et ventilée. Son état est stable, ils peuvent la transférer. Mais il est très grave… Il a repris son souffle : Il faut tous aller vous reposer.

Léa avait encore une question à poser. Sujet oblige, elle s'est tournée vers leur ancienne prof de SVT de quatrième :

— Intubée et ventilée, ça veut dire qu'ils l'aident à respirer, c'est ça ?

Et, comme cette ancienne prof est aussi la maman de la blessée, ses lèvres se sont pincées, son menton s'est plissé et elle a acquiescé en silence. C'était fou, toutes ces expressions, ces grimaces au coin de la bouche, ces clignements d'yeux que Beverly notait depuis quelques heures. Ces détails qui l'empêchaient de penser à ce qui n'en était pas un : ils rentraient à cinq.

***

Coup d'œil à sa montre. Déjà une demi-heure qu'elle répète mentalement et inlassablement la phrase. Pourtant les spicules et les trabécules s'emmêlent encore. Beverly n'est pas inquiète, elle voudrait juste que ça rentre avant l'arrivée de la famille. Quand ils sont là, c'est plus compliqué de se concentrer. Surtout avec Capucine qui ne se tait pas une seule seconde. Comme si la petite sœur voulait en permanence couvrir le bruit de la machine et le silence d'Alie.

Les voilà, justement.

Les parents d'Alie sont seuls aujourd'hui. Ils embrassent leur fille, puis son amie.

— Comment ça a été, cette semaine, Beverly ?

Il y a longtemps qu'ils ne sont plus ses profs, mais juste ses compagnons de chagrin. Ils sont « ceux qui souffrent plus que nous », comme les a définis un jour Mazo. Et les amis se sont interrogés du regard : « C'est donc possible ? » Oui, a confirmé Solal d'un haussement d'épaules. Solal ne parlait pas beaucoup, les premières semaines. Il était submergé. C'était trop compliqué.

— Ça va, dit doucement Beverly en souriant. Vous voulez le fauteuil ?

— Bouge pas !

Les premières semaines, Beverly sortait quand ils arrivaient. Elle s'installait avec ses cours dans la petite cafétéria. Quelques tables et chaises en terrasse, la vraie vie, quoi ! Sauf qu'ici, tout est à l'intérieur. Au chaud. Beverly ne critique pas : les concepteurs du lieu ont tout fait pour donner une impression de normalité. Maintenant, l'étudiante reste dans la chambre. Sauf quand les parents d'Alie sont accompagnés par un oncle ou une tante. Ils sont contents qu'elle soit là, elle a fini par l'accepter. Ils discutent, Beverly triture ses polycopiés tandis que les banalités s'égrènent. Puis le mari rappelle à l'ordre son épouse :

— Laisse-la un peu tranquille, elle doit travailler.

C'est le signal : elle se replonge dans ses cours. À la bibliothèque universitaire, elle utilise des écouteurs pour travailler. Une douce musique à la fois relaxante et revigorante (Si ! C'est en tout cas ce qu'affirmait la présentation sur Deezer…) la protège des bruits ambiants. Ici, elle se cale sur le bruit de la machine. C'est sa façon de la maîtriser. Elle aime aussi capter quelques bribes de conversation. C'est sa façon d'oublier le respirateur.

***

Leur amie a traversé sans regarder. D'ailleurs, le petit bonhomme était rouge. (De colère ?) Beverly a appris le dimanche les circonstances de l'accident. Et le récit a lancé le replay : de nouveau, ses neurones culbutés. L'accident aurait-il pu être évité ? Alie aurait soufflé ce vent sibérien sur leur vie ?

Non. C'est le hasard, la vie, son karma, un pas-de-chance, quelques minutes de retard qui l'ont amenée au mauvais endroit au mauvais moment. (Quelques secondes d'avance ? Non, Alie est rarement en avance.) Mais, en tout cas, ce n'est pas elle.

IMPOSSIBLE.

Ils ne seraient sûrement pas autorisés à voir leur amie, mais ils sont quand même tous partis, ce jour-là, pour Lille et son CHU, vers 10 heures du matin. Le père de Mazo a proposé de les emmener dans son grand monospace.

L'autoroute, puis la capitale nordique, puis un nouvel hôpital, universitaire cette fois. La faculté de médecine où Beverly espérait étudier y est rattachée. La lycéenne y a songé, et cette idée, à ce moment précis, lui a paru aussi irréelle que déplacée.

Effectivement, il était toujours impossible de voir Alie. Tant pis, cette nouvelle salle d'attente impersonnelle, c'était quand même leur place. En ce dimanche ensoleillé mais frileux, ils avaient besoin de savoir qu'elle était à quelques étages d'eux. Qu'ils se trouvaient à quelques escaliers d'elle : il ne faudrait pas manquer le réveil de la Belle au bois dormant. On pouvait, on devait, encore rêver.

De nouveau, ils ont patienté. En faux habitués, ils ont investi les lieux. Louis s'est vautré sur un fauteuil. Solal lui a préféré la rigidité d'une chaise. Les filles se sont réparties sur une banquette. Beverly avait emmené son sac et ses textes d'anglais, elle a longtemps hésité à les sortir, puis s'est décidée : elle passait quand même son épreuve d'oral du baccalauréat le mardi suivant. Relire ses textes la rassurerait. Ou, au moins, l'occuperait utilement. Beverly a toujours eu besoin d'utilité.

Mazo s'est mise à pleurer, son père a tenté de la consoler. Léa y est parvenue, un peu.

Puis les parents d'Alie sont sortis du service de soins intensifs. Les potes se sont levés. Comme des élèves de primaire quand le directeur entre dans la classe. Comme des personnages de série américaine quand le médecin surgit et que la musique change.

Pas de nouvelles sur la santé de leur amie. En revanche, sa mère a partagé ce que la police leur avait appris sur l'accident.

— Apparemment, Alie tapait un sms quand elle a traversé. Elle n'a pas vérifié si c'était aux piétons de passer, elle n'a pas vu la voiture arriver.

Là, Solal s'est mis à trembler. Niveau 7 sur l'échelle de Richter. Louis l'a attrapé par le coude. Beverly a interrogé ses amies du regard. Pourquoi réagissait-il comme ça ? Qu'est-ce que ça changeait ? Elle aurait pu être renversée en chantant *La Marseillaise*, ça ne modifiait pas les conséquences, non ?

Si.

Parce que d'un si, justement, on rembobinait le film : Alie regardait, elle attendait, elle traversait tranquillement et arrivait en face saine et sauve. Et, en ce dimanche matin, blottie sous sa couette, elle aurait maudit le soleil qui chatouillait sa grasse matinée.

Là, elle n'avait pas le temps de traînasser, leur amie. Il fallait lui faire une IRM cérébrale. Il fallait que son cerveau se remette de son grand huit et que l'électricien veille à rebrancher tous les fils au bon endroit.

Il fallait un petit miracle.

***

Ils s'en vont. Les parents se lèvent. Sa mère se penche sur le visage d'Alie, l'embrasse sur la joue, lentement. Celle opposée au tube. La hume pour retrouver le parfum disparu de son bébé, couvert par celui des produits antiseptiques. Désormais, Alie se parfume à Zéromicrobe. Les premiers mois, sa mère l'aspergeait délicatement de son eau de toilette préférée. « Cela stimule son odorat, et donc son cerveau », récitait d'un ton neutre la professeure de SVT. Ça rendait surtout son Aliénor plus Aliénor, songeait sans doute la mère.

Beverly les embrasse.

— À samedi prochain.

— Oui, à samedi.

La rentrée en médecine avait collé de véritables angoisses à l'étudiante. Elle ne redoutait pas les heures de travail, les quantités d'informations à ingérer, le *numerus clausus* du concours : Beverly est faite pour apprendre, c'est dans son ADN. L'insupportable, c'était de ne plus rendre visite à Alie comme elle le faisait depuis l'accident. (Il n'y a que l'été dernier que la jeune fille est restée trois semaines sans voir son amie. Elle a accepté à contrecœur de partir avec ses parents dans le Sud. Et a pris des nouvelles tous les trois jours.)

L'étudiante ne s'est jamais prise pour ce qu'elle n'est pas. Elle sait qu'elle n'est ni guérisseuse ni indispensable. Si elle a tenu très vite à être près d'Alie, c'est parce qu'elle en avait besoin. C'était le seul moyen qu'elle avait trouvé pour maintenir un semblant d'équilibre dans sa vie. Chaque semaine. Même si ça lui brûlait la gorge et lui piquait les yeux. D'ailleurs, elle n'était pas la seule à ressentir ce besoin.

— Alie est en CDI, a tristement ironisé Louis ce jour d'avril où le transfert de leur amie en centre de convalescence leur a été annoncé. Coma à durée indéterminée.

Une fois encore, Beverly n'a pas jugé l'humour de son ami. Elle était incapable de déterminer si une telle sortie était drôle ou déplacée. Mais elle savait que le rire avait toujours été l'armure de Louis, et que ses amis avaient besoin de se protéger de la vie ces derniers temps. Elle savait aussi qu'elle n'aurait pas son année de médecine si elle ne travaillait pas sept jours sur sept, dix heures par jour. Qu'elle ne tiendrait pas non plus la distance si elle remettait en cause son précaire équilibre en renonçant à ses visites.

Elle s'est alors souvenue qu'un jour, alors qu'ils se retrouvaient une fois de plus dans ces couloirs lillois, blancs et aseptisés, la mère d'Alie leur avait confié qu'elle avait tenté médecine.

— J'ai été très malheureuse d'échouer au concours, avait-elle raconté, mais maintenant je confirme : je préfère de loin arpenter les couloirs du collège que ceux d'un CHU.

Lors de sa visite suivante, Beverly l'a interpellée :

— Excusez-moi… Je peux vous parler ?

Dans cette chambre médicale, elle est redevenue l'élève, elle a confié à son ancienne professeure ses angoisses, son rêve de médecine et sa peur de manquer d'Alie. À ces derniers mots, Mme Stelandre a croisé ses bras sur son ventre en un geste défensif. Puis elle les a décroisés et a posé une main sur l'épaule de son élève :

— Beverly, je te connais. Tu peux réussir. Mais tu as raison, tu ne peux pas sacrifier des heures de travail, même pour… pour notre Aliénor.

Elle s'est tue un instant, puis a repris avec un sourire désabusé :

— Je ne sais pas, c'est sans doute une idée complètement stupide, mais si tu as envie de venir travailler auprès d'elle… Si tu y arrives… Tu seras toujours la bienvenue. Elle ne te dérangera pas…

C'était ça aussi, le coma d'Alie. Des idées saugrenues et une maman éplorée qui flirtait avec l'humour de Louis. Son père, lui, a jugé la proposition de son épouse déplacée, mais ne s'y est pas opposé. Les parents de Beverly ont été étonnés ; pourtant, ils sont restés fidèles à leur ligne de conduite : ils avaient confiance dans les capacités de jugement de leur fille. Si elle estimait que c'était la solution, c'était la solution.

Et l'habitude s'est prise. Difficile au début. Inutile même les premières fois, car Beverly ne parvenait pas à retenir une seule ligne. Un jour enfin, elle a réussi à décrocher son regard du visage impassible de sa camarade, et elle a pu étudier. Presque sereinement.

***

Il n'a pas été facile de retourner en cours le lundi matin. Mais pas un ne s'est défilé. Le nom de M. Stelandre avait été ajouté en bas du tableau des profs absents, et les spéculations ont commencé :

— Il paraît que sa fille va mourir.

— Si elle est dans le coma, il est pas près de revenir.

Beverly s'était préparée, autant que possible. La lycéenne avait décidé d'enfiler ses plumes de canard et de laisser couler les idioties, les remarques, les pleurs provoqués par l'accident d'Alie. Après tout, ils n'étaient pas ses seuls amis, et il était normal qu'il y ait des réactions. La lycéenne devait s'en protéger.

Se centrer, comme elle l'avait toujours fait, sur sa bande.

Elle a tenu sa ligne de conduite. A confirmé aux curieux qu'effectivement Alie avait eu un accident. A précisé aussi vite qu'elle n'avait aucune information, ni sur son état de santé, ni sur les circonstances du drame. Certains ont quand même tenté :

— Il paraît que…

Elle a plissé les yeux et serré les poings. *Chut ! Non, surtout, ne me dites pas que mon amie a traversé sans regarder !!! Parce que, sinon, je ne vais pas y arriver.*

Alors qu'elle se dirigeait vers la salle de son prof de maths, Beverly a été interpellée par une Salomé aux yeux rougis. Elle a pris une grande inspiration. Salomé est son amie, elle allait lui accorder un récit plus circonstancié du week-end. Surprise : Salomé n'a pas questionné. C'est elle qui a livré l'information :

— Bev', je sais pas si t'es au courant… S'il en a parlé… Mais Louis et moi, c'est fini. On a rompu. Enfin, plutôt, je l'ai quitté. Samedi après-midi. Tu comprends, j'avais be…

Beverly a repoussé les arguments d'un revers de la main :

— Tu as quitté Louis alors qu'on venait d'apprendre qu'Alie avait eu un accident ?

Beverly n'est pas experte en relations humaines, encore moins amoureuses. Pourtant, là, ses antennes se sont quand même mises à grésiller.

— Non, bien sûr que non ! s'est presque étouffée Salomé. Nous ne le savions pas à ce moment-là ! Je viens de l'apprendre. J'aurais jamais lâché Louis dans un moment pareil, tu dois me croire ! Mais c'était devenu trop compliqué, je…

De nouveau, la main de Beverly, sur le bras de Salomé, cette fois.

— Ne m'explique pas : je ne pourrai pas comprendre. Déjà, je ne suis pas très… experte en amour. C'est…

« C'est Alie notre experte », a eu très envie de préciser Beverly. Mais elle a senti qu'elle ne pourrait pas prononcer le prénom de son amie sans craquer. Alors elle a poursuivi :

— … c'est juste impossible pour moi, là, de réfléchir normalement. Alors, Salomé… je te remercie de m'avoir prévenue. Et… et c'est tout.

Puis Beverly est entrée dans la salle de cours, a posé son sac. Sans doute Salomé attendait-elle autre chose. Un conseil sur la marche à suivre, la confirmation que leur amitié survivrait à cette rupture. Beverly s'en rendait bien compte tandis qu'elle posait sa trousse sur sa table, sortait sa pochette de feuilles. Mais elle ne pouvait rien lui accorder de tout cela. Pas là, pas maintenant. Tout ce qu'elle pouvait faire, c'était se décaler d'une place sur la droite pour ne pas laisser une chaise vide entre Louis et elle, puisque Salomé venait de s'asseoir à l'autre bout de la rangée. Elle a attrapé ses affaires et s'est installée à côté de son pote.

— Elle te l'a dit ? a juste demandé son ami.

« Oui », a confirmé Beverly d'un hochement de tête. Et le prof a commencé son cours.

À la pause, ils se sont retrouvés. Ils se sont tenus proches les uns des autres. Comme s'il ne fallait surtout pas qu'un vide s'installe. Léa a rangé son téléphone portable. Elle venait de parler avec Clovis, Alie passait son IRM ce matin.

— Elle qui a toujours détesté les examens, a lâché Louis.

Leur copain a semblé tiquer. Et puis non, finalement. Léa a souri tristement.

— Elle va le réussir, celui-là. Sans avoir révisé quoi que ce soit !

Solal a détourné le regard, Mazo a détourné la conversation :

— Dis, Louis, Salomé n'est pas là ?

— Salomé n'est plus là, a rectifié le garçon. Elle m'a largué samedi. Avant…

— Mais pourquoi t'as rien dit ? est intervenue Léa.

— Ben… parce qu'il y a eu après, justement, a soupiré le garçon.

Léa a d'abord saisi le bras de son ami, puis s'est blottie contre lui.

— Et… ça va ?

— Non, ça va pas, a lâché Louis. Mais je ne peux pas dire que c'est à cause de Salomé. C'est comme si… comme si l'accident d'Alie m'avait anesthésié. À part une putain de trouille pour elle, j'ai l'impression de ne plus rien ressentir.

Ils ont acquiescé, tous.

Ils comprenaient, tous.

***

La seule véritable pause que Beverly s'accorde correspond à la visite du kinésithérapeute. C'est un jeune diplômé, qui a « toujours voulu faire kiné », a-t-il bien insisté quand il a réussi à détourner l'étudiante de ses cours et à entamer la conversation (le cinquième samedi où ils se croisaient). Beverly a saisi l'allusion : désormais, les premières années de médecine et de kiné sont communes. Passage obligatoire : le PACES et son impitoyable concours. Résultat, des étudiants qui se rêvaient médecins se retrouvent kinés. Beverly n'a eu aucun mal à croire le praticien. Il suffit de suivre ses mains le long des jambes d'Alie, de l'écouter lui parler pour s'assurer de sa vocation.

— Elle est coriace, votre copine, ça fait des mois que je la drague, que je la cajole, et elle me snobe toujours.

Non, Beverly n'est pas choquée. Elle valide même d'un grand sourire.

— Vous savez, vous perdez votre temps. Elle est amoureuse, très amoureuse.

— C'est vrai ! reconnaît le jeune kiné. Je l'ai croisé plusieurs fois. Un beau mec, je ne tiens pas la distance.

— Dites pas ça ! rétorque Beverly, qui s'étonne de sa propre audace.

Gênée, elle baisse son menton sur sa poitrine. Mais garde quand même le regard levé vers son interlocuteur. Lui, sans pitié, enfonce le clou :

— Vous sous-entendez que votre ami n'est pas mignon ?

Solal ? Pas mignon ? Bien sûr que si, ce n'est pas ce qu'elle a voulu dire !

Cette fois, Beverly plonge les yeux dans ses cours, le seul refuge qu'elle connaisse. Les relève en douce. L'homme continue son massage. Puis la jambe d'Alie dessine de grands cercles dans les airs. La jolie poupée est devenue pantin désarticulé, mais il est important d'entretenir sa masse musculaire. Comme on entretient l'espoir.

***

Le mardi qui a suivi l'accident, Beverly et Louis, tous les deux en série S, ont passé leur oral d'anglais. Une épreuve du baccalauréat trois jours à peine après l'accident : c'était ça, la vie qui continuait ? Beverly n'était pas stressée par l'examen. Ce D-Day, comme tous les jours depuis la rentrée de septembre, elle a continué à faire ce qu'il fallait pour réussir, elle s'est préparée en écoutant la BBC. Son brossage de dents l'a empêchée de saisir les dernières déclarations de la Première ministre sur le commerce extérieur du pays, mais elle maîtrisait bien le sujet. Elle finissait la délicate pose du mascara (ne pas penser que c'est Alie qui lui a enseigné la bonne technique) quand un *rainy weather* a été annoncé sur Londres.

L'épreuve se déroulait au lycée Mariette, à l'étage des langues, réquisitionné pour l'occasion. Louis était convoqué l'après-midi, Beverly a regretté son absence. Sans doute parce que Salomé, elle, était présente.

— T'as des nouvelles d'Alie ? a hasardé cette dernière.

— Elle a passé une IRM, les médecins cherchaient s'il y avait ou non un hématome, a répondu Beverly en fixant ses pieds. Apparemment, il n'y en a pas. Mais il y a des lésions…

Ce n'est pas que c'était compliqué de discuter avec Salomé, non. Pas vraiment. C'était juste douloureux d'évoquer Alie.

— Des lésions sérieuses ? a insisté son amie.

Là, Beverly n'a pas fui son regard.

— Écoute, Salomé... Alie est dans un état très grave, et je n'ai pas envie d'en parler, là, maintenant. Avec toi. C'est déjà tellement bizarre d'attendre pour passer cette épreuve comme si de rien n'était, comme si elle n'était pas en train de lutter pour rester en vie !

Les candidats autour d'elles se sont tous figés et Beverly a réalisé qu'elle avait haussé le ton. Crié, presque.

— Excuse-moi, a bafouillé Salomé. C'est juste que... que vous comptez tous pour moi, tu sais.

Beverly n'a pas douté de sa sincérité. Elle le lui a affirmé.

Puis elle s'est éloignée, parce que, vraiment, Salomé devait composer seule avec ses états d'âme et ses regrets. Ou bien parler à Louis. Parce que Beverly allait entrer dans la salle pour son épreuve de bac tandis que son amie était peut-être en train de mourir.

***

— Vous… vous arrivez facilement à lui parler ?

Beverly s'était promis de se taire, mais elle n'a pas résisté. Les sourcils froncés du kiné lui réclament des précisions.

— Ce que je veux dire, c'est que vous ne perdez jamais espoir ? Jamais vous ne vous dites que ça ne sert à rien, qu'elle ne vous entend pas ? Que les lésions sont trop importantes, de toute façon, et qu'elle ne reviendra jamais à nous ?

L'homme repose délicatement le bras d'Alie. Il sourit à sa si fidèle amie. Il est tenté de lui ressortir son chapitre sur les patients pauci-relationnels. Du latin « peu ». Cette jeune fille si sérieuse a sûrement étudié cette langue morte. Toute la difficulté est de déterminer l'état de conscience de ces convalescents. Mais ce n'est pas l'étudiante en médecine qui l'a interpellé, c'est l'amie. Le réaliser le rend presque penaud.

— Bien sûr que ça m'arrive. Avec ma jolie reine d'Aquitaine et avec d'autres. Ce qui est compliqué, vous savez, c'est que je les rencontre tous trop tard. Alie, par exemple, je ne connais pas la couleur de ses yeux.

— Verts, ils sont verts…

— Ni le son de sa voix, ni le mouvement de ses cheveux quand elle parle.

Oh oui, comme Alie aime – aimait – ponctuer ses phrases de mouvements capillaires…

— C'est une autre personne que j'ai rencontrée. Mais une « vraie » personne, pas juste un « trauma crânien » : je m'interdis d'en douter.

***

Le samedi suivant, enfin, ils ont pu voir leur amie.

Taille du véhicule oblige, c'est encore le père de Mazo qui les a accompagnés jusqu'à Lille.

— Peut-être qu'on pourra aussi prendre le train, a hasardé Beverly alors qu'ils s'installaient.

— Peut-être aussi qu'elle restera pas longtemps à l'hôpital, a rétorqué Solal. Ce n'est pas la peine de tirer des plans sur cinq ans.

Beverly a rétorqué d'une grimace aussi silencieuse que discrète. Solal avait des excuses, beaucoup d'excuses… Durant le trajet, il est le seul à n'avoir pas sorti son smartphone et branché ses oreillettes. Pour cause : il l'avait réduit en miettes après avoir appris l'accident d'Alie. M. Delattre a bien tenté de lancer la conversation avec lui, en vain. Même Beverly, qui – musique réglée au plus bas – entendait, n'a pas eu le courage de venir à la rescousse de leur chauffeur.

Les potes ont voyagé ensemble et seuls.

Pas de chance pour son père, Mazo a refusé dès cette première visite de voir Alie. Ou, plus exactement, elle n'a pas réussi. Ils ont tourné sur le parking de l'hôpital pour trouver une place de stationnement, ils se sont présentés à l'accueil, ont suivi les longs couloirs. Sont montés de deux étages en ascenseur, en ont redescendu un à pied. Et Mazo a pilé net devant la ligne d'arrivée.

— Allez, Marie-Zoé, je n'ai pas fait toute cette route pour rien ! s'est presque énervé le conducteur, sous pression.

— Peux-pas-peux-pas-peux-pas, a-t-elle répété en boucle.

Elle ne pouvait vraiment pas, Beverly l'a compris. Léa lui a pris le bras :

— Tu veux qu'on y aille ensemble ?

— Peux-pas-peux-pas-peux-pas.

— Tu veux qu'on y aille d'abord, et on revient te chercher ? a proposé Louis avec une délicatesse qui a étonné Beverly.

— Peux-pas-peux-pas-peux-pas.

— On y va ? s'est impatienté – pas trop quand même – Solal.

— Allez-y, a tranché le père de Mazo, je reste avec elle.

Hors de cette histoire et de leur chagrin, ce refus répété aurait pu passer pour un caprice. Mais ce n'était que de la peur, Beverly l'a tout de suite su. De celle qui vous précipite aux toilettes, les entrailles en feu, la première fois que vous entrez dans ce centre. De celle qui vous scie les jambes quand on lâche devant vous ces deux syllabes : co-ma.

Beverly a une excellente mémoire. Son plus lointain souvenir remonte à ses deux ans et demi. Ses grands-parents l'avaient emmenée en Belgique au parc d'attractions Walibi et elle avait eu peur du River Splash. Elle est capable de vous citer les auteurs de tous les livres qu'elle a lus, d'orthographier correctement leurs noms, de vous résumer chaque intrigue. Pas sûr que ça vous donnera envie de découvrir l'œuvre à votre tour, mais l'essentiel y sera.

En revanche, questionnez Beverly sur cette première visite à Alie, elle n'aura qu'un récit imprécis à vous livrer. Comme si son cerveau n'avait pas voulu enregistrer, analyser, classer le grand lit haut, les machines, les tubes, le halo froid du néon. Et, au cœur de ce milieu hostile, de ces bruits et de ces jeux de lumières clignotantes, un corps inerte. Leur Alie.

La porte s'est ouverte automatiquement. Comme dans ces films de science-fiction où les personnages avancent d'un pas déterminé d'une pièce à l'autre de leur vaisseau spatial pour sauver la galaxie. On a très peur, mais ça finit bien.

Là, Louis, Solal, Léa et elle ont juste eu très peur. Louis a eu un haut-le-cœur, Léa a pleuré en silence. Solal s'est pétrifié. Il n'a pas pu s'approcher. Beverly les a observés. Pour ne pas regarder ailleurs. Louis a fait un pas. Léa s'est réfugiée derrière lui pour progresser aussi vers le grand lit blanc. Elle est parvenue à se placer à côté de lui, puis devant. À effleurer du bout des doigts la main de leur amie. Alors le regard de Beverly a pu se poser sur Alie.

Léa sera la seule capable de la toucher ce jour-là.

Ils n'avaient droit qu'à dix minutes de visite, c'est très court, et c'est très long aussi quand chacun retient son souffle, comme si l'oxyde de carbone qu'ils exhalaient risquait d'abîmer un peu plus l'accidentée.

Est-ce qu'elle pense ? Est-ce qu'elle souffre ? Est-ce qu'elle rêve ? Les questions ont afflué après, une fois les potes sortis de la chambre. Elles se sont fracassées dans la tête de Beverly, ont de nouveau tout dévasté sur leur passage quand le barrage a cédé. Il a fallu qu'elle demande à ses amis, même si elle savait qu'ils ne pouvaient pas lui répondre.

— Moi, je crois qu'elle rêve, a tenté Mazo. Je veux croire qu'au moins elle rêve !

Puis elle a fondu en larmes. Léa et Beverly l'ont serrée dans leurs bras, Louis a détourné le regard, Solal a haussé les épaules. Non, elle n'était pas entrée dans la chambre d'Alie. Seulement…

— Il faut pas lui en vouloir, a plaidé Beverly.

— Chacun fait comme il peut, a insisté Léa.

Et les deux garçons sont parvenus à lâcher un presque sourire à leur amie.

Le père de Mazo a proposé qu'ils aillent manger un morceau avant de reprendre la route. Il connaissait un resto très sympa dans le Vieux-Lille. Seulement, personne n'avait faim.

***

Beverly a créé l'événement aux partiels de décembre de la faculté de Lille 2. Elle est arrivée 41e sur 3 091 inscrits, et première des primants[1]. Elle va très certainement décrocher son concours en mai. En septembre prochain, elle sera alors réellement en médecine.

— Tu pourras commencer tout de suite à stresser pour l'internat, aime à la charrier Louis.

Elle se donne les moyens d'y arriver. Comme toujours. La preuve ? L'os spongieux est formé par un lacis tridimensionnel de spicules et de trabécules ramifiés et anastomosés, délimitant un labyrinthe d'espaces intercommunicants occupés par de la moelle osseuse et des vaisseaux. C'est bon, c'est dans la boîte. Elle a mûri et appris à se faire confiance. Elle pose un regard tendre et honteux sur l'élève de troisième

---

1. Un primant est un étudiant qui se présente pour la première fois au concours de médecine, par opposition aux doublants. Le concours ne peut être tenté que deux fois.

flippée par le brevet des collèges. Tout bien pensé, le chantage de Kévin Fortin la rendrait presque nostalgique. La vie était belle quand ce crétin était son plus gros souci.

Oui, elle sera médecin.

Seulement, ça ne suffira pas.

Depuis combien de temps le kiné la fixe-t-elle ainsi ?

— Vous avez l'air perdue dans vos pensées.

— C'est que…

Que quoi ? Les spicules et trabécules ne peuvent rien pour Alie. Et, parfois, Beverly est engloutie par cette idée insoutenable.

***

Alie survivrait à l'accident. Du moins, son cœur continuerait à battre, son sang à circuler, ses poumons à s'emplir et à se vider – tant qu'elle resterait intubée et ventilée.

— Aliénor va vivre, ont annoncé les médecins lillois au bout de dix jours.

Après, il ne fallait pas pinailler ou poétiser sur le sens que chacun accorderait à ce verbe…

***

Le jeune homme fait le tour du lit et replace le drap sur les jambes d'Alie. Beverly a commencé à ranger ses cours. Rentrer trop tard inquiéterait inutilement ses grands-parents. Elle s'interrompt pour observer les gestes délicats du kiné. Alerte incendie, joues en feu. Et pas parce qu'il fait très chaud dans la chambre. Qu'est-ce qui lui arrive ???

— Quelque chose ne va pas ? questionne, intuitif, le praticien.

— Rien, assure-t-elle en grimaçant un sourire.

Alie, tu entends tout ça ? Dis-moi que tu entends tout ça. Parce que je me demande si ce type me plaît… Parce que je crois qu'il me plaît, et que je ne sais pas du tout ce que je dois faire. Je vais avoir besoin de toi !!!

Le jeune homme, quant à lui, se méprend sur le silence qui suit.

— Ne baissez pas les bras, continuez à venir près de votre amie, n'hésitez pas à lui parler. Vous devez en être convaincue : votre présence la stimule. C'est ce qu'il faut.

— Non ! Non…

Beverly s'est reprise à deux fois.

— Vous vous trompez : c'est elle. C'est Alie qui me stimule.

Expéditeur : beverly@orange.fr
Destinataire : mazo62@gmail.com

Bonjour, Mazo,

Je te confirme que tu as marqué plus de 10 000 points avec ta photo. Ma mère n'en revenait pas : une amie de sa fille qui pose avec Brandon, *le* Brandon de *Beverly Hills* ! Bon, je t'épargne le topo auquel moi je n'ai pas échappé : résumé de toutes les saisons, présentation des personnages, classement par affinités (j'ai appris à cette occasion que, autant ma mère adorait Brandon, autant elle exécrait sa jumelle, Brenda…). Tu lui as offert un vrai moment de rêve américain, et je t'en remercie. Elle aussi ! Elle était juste déçue que tu n'aies pas demandé à Jason Priestley son adresse mail. Mon père, lui, s'est montré plutôt soulagé.

Je te remercie de tes encouragements pour mon concours. C'est sûr que je ne passe pas mes week-ends à Disneyland, moi (c'est de l'humour, tu as bien compris ?), mais j'aime vraiment ce que j'apprends. C'est impressionnant tout ce que le cerveau peut emmagasiner comme données. Et pourtant, mon disque dur était déjà bien rempli, vous m'avez assez charriée sur le sujet.

Tu m'écris que ton départ aux États-Unis est sans doute une fuite, et que tu t'en veux pour cela. Je te rappelle que tu as toujours aimé l'anglais (seule matière où tu me battais dès la sixième) et que tu as toujours affirmé que tu aimais voyager. Et, si ce long séjour lointain est effectivement une façon de te protéger, tu ne dois pas t'en vouloir. Pour une fois, tu t'es préoccupée de toi. Nous savons tous que tu nous aimes. Alors s'il te plaît, ne culpabilise pas, profites-en bien, et continue à nous poster sur ton mur Facebook du soleil et des palmiers. Ta famille d'accueil semble très sympathique, mais ils ont beaucoup de chance aussi de te connaître, sois-en convaincue.

Bon, il faut que je m'y remette. Merci encore pour ma mère.

Je t'embrasse très fort,
Beverly

Expéditeur : janisandroll@sfr.fr
Destinataire : mazo62@gmail.com

Ma petite-fille chérie,

J'ai bien reçu ton message, que j'ai lu et relu. Tu es trop dure avec toi, ma toute douce : ne pas rendre visite à ton amie hospitalisée, ce n'était pas l'aimer moins, c'est l'aimer différemment. Bien sûr, nous souhaitons tous du fond du cœur qu'elle sorte de son coma et se rétablisse, mais rien ne nous assure que cela est possible. Il semblerait même qu'un cruel diablotin s'amuse à nous convaincre du contraire. Alors garder au fond de ton cœur l'image de la jeune fille pleine de vie qu'elle était avant son accident, c'est aussi une déclaration d'amour, je t'assure. Je me doute que tes amis ont eu du mal à te comprendre, et peut-être te l'ont-ils fait savoir un peu vertement. Mais souviens-toi de ces premiers jours qui ont suivi le drame, l'état d'hébétude dans lequel vous étiez tous plongés. Qui peut être jugé pour une parole lâchée dans de telles circonstances ?

Tu sais que je n'ai jamais été adepte de l'instinct grégaire, mais votre bande de potes était, EST, pour moi, la plus belle des exceptions. L'amitié qui vous lie tous s'inscrit même au-delà de vos vies. Tu te rends compte, me voilà dans le mystique, moi la vieille anar anti-religion. Tes amis ne te tiennent pas rigueur de ta retenue, je le sais. Il suffit d'entendre avec quel enthousiasme ils m'interpellent quand je les croise en ville (Je t'ai dit que ton ami Louis m'avait payé une bière le mois dernier ?), et comme ils échangent avec tendresse les informations sur leur *Californian girlfriend.*

Pas besoin, ma chérie, de te tracasser à l'avance à propos de ce que tu feras quand tu rentreras. On ne sait pas ce que l'avenir nous réserve. Tu écouteras ton cœur à ce moment-là, comme tu l'as toujours fait. Et si, comme tu l'évoques à la fin de ton mail, ton amie a rejoint les anges pendant ton absence, persuade-toi qu'elle sait ton amitié.

Elle la sait parce que tu la lui as toujours manifestée. Tu lui en as pardonné, à cette délicieuse chipie, quand même ! ☺

Elle la sait enfin parce que je vais régulièrement lui rendre visite. Une fois par mois environ, ta grand-mère va rebattre les oreilles de ton Alie de ses doctrines révolutionnaires et des récits américains de son amie. Alors ne t'inquiète pas, vis, profite, aime, continue à grandir mais ne change pas trop quand même non plus.

Et n'oublie pas que je t'aime.

Mamie Peace

P.S. 1 : J'ai déjeuné chez tes parents dimanche dernier. Ta parfaite mère avait loupé sa tarte Tatin. Il y a de l'espoir !

P.S. 2 : Tu ne lui dis pas que je l'ai balancée ☺

Léa

Parce que c'était lui ; parce que c'était moi.

Montaigne
Les Essais, « De l'amitié »

Le fichier est sur le bureau de l'ordinateur de Léa.
En haut, dans le coin gauche.
Il s'appelle « Pour Alie ».

Quand elle l'a créé, il y a plus d'un an,
Léa a longtemps hésité sur ce nom.
Puis elle a opté pour la simplicité.
Il allait en falloir pour réussir à tout écrire…

Samedi 25 mars

Il est trop con, cet ordinateur. Quand j'ai écrit la date, il a ajouté l'année. Comme s'il était nécessaire de préciser. Comme si j'allais encore tenir ce journal pour toi dans un an. Ou plus.

Il est cruel, cet ordinateur.

Les médecins nous ont dit qu'ils ne savaient pas si tu entendais. Et que, dans le doute, c'était bien de te parler, de te raconter ce que nous vivons, de garder le fil. J'ai été tentée de leur signaler que ça ne serait pas facile pour toi : toi qui as le mot si facile, pour une fois, tu ne pourras pas répondre.

Alie…

Une semaine déjà depuis l'accident. Depuis quand suis-je restée toute une semaine sans entendre le son de ta voix ?

Difficile cependant de te « parler », comme le recommandent les blouses blanches, dans cette chambre d'hôpital, au milieu de ces machines, de ces tubes. Alors je me suis dit que j'allais t'écrire. Ça sera plus facile. Je te lirai ces lettres quand je viendrai te voir.

C'était si dur, tout à l'heure… Je ne sais pas ce que j'espérais en entrant dans la pièce. Que tu te redresses subitement sur le lit en criant « Joke ! » ? Non, bien sûr que non. En vérité, je savais que tu avais eu un accident grave, que tu étais dans le coma, que tu ne respirais même plus toute seule… Je le savais, mais je n'y croyais pas. Puis je t'ai vue, c'était bien toi, reliée à ces tuyaux et à ces machines. Résultat : ce soir, je suis bien obligée d'accepter la vérité.

Non, pas de l'accepter, de la reconnaître, juste. Je n'accepte rien, autant te prévenir tout de suite ! Alie, pourquoi tu te tais ? Pourquoi tu dors ? Pourquoi tu comates quand j'ai tant besoin de toi ? Quand nous avons tous besoin de toi ? Solal n'est plus que l'ombre de lui-même.

STOP ! Je ne suis pas en colère. Enfin si, mais pas contre toi, surtout pas contre toi…

Je me suis promis que tu allais te réveiller, revenir parmi nous, et je te connais par cœur, Alie, mon amie, ma frangine : tu vas vouloir savoir tout ce qui s'est passé pendant que tu nous jouais la Belle au bois dormant. Alors je vais tout te raconter, promis. En fait, c'est pour ça que j'écris. Pour ça, et pour être avec toi.

Donc…

Non, en fait, peut-être que, pour cette toute première fois, j'ai le droit de m'attarder un peu sur l'état de léthargie dans lequel tu nous as plongés. Comme s'il ne restait dans la vie que ton absence si douloureuse. Plus rien ne compte. Plus rien n'est ni chaud, ni froid, ni beau, ni moche, ni énervant, ni joyeux. Même les mots compatissants des élèves et des profs me passent au-dessus de la tête ! Tu devrais voir le regard bovin que cette garce de Zoé pose sur moi chaque fois qu'on arrive en cours. Elle qui t'a toujours jugée superficielle est à deux doigts d'organiser une collecte pour financer une statue à ton effigie dans le parc du lycée. Tu t'imagines drapée dans un voile de pierre, le poing levé vers l'éternité ? Je déconne. Comme nous l'avons toujours fait. J'essaie, en tout cas. Mais rire sans toi, ce n'est plus rire.

Alors je te dépose mon chagrin, mes peurs, parce que tout cela me transperce la gorge. Schlak ! Un long pic de barbecue qui m'empêche de déglutir. Normalement, quand je vais mal, je partage avec toi. J'attends tes conclusions aussi énervantes que réconfortantes : « Ça pourrait être pire, Léa, j'aurais pu naître brune et toi trop poilue… » Seulement là, je ne sais pas où aller te chercher. C'était toi, tout à l'heure, dans cette étrange pièce ?

Dans le doute, je pleure, je hurle notre douleur. Peut-être que j'effacerai ce premier doc quand je te les filerai. Je ne sais pas. Je constate que j'ai déjà renoncé à te les lire à l'hôpital. Je capitule trop vite ? Je ne sais pas, mes idées ne sont pas en ordre en ce moment. Tu me manques tu me manques tu me manques, reviens reviens reviens. Et ne fais pas ta starlette, ne te fais pas attendre.

Dimanche 26 mars

J'ai relu ce que je t'ai écrit hier. Tout est vrai, tout est juste, et pourtant je me questionne : qu'est-ce que je cherche ? À quoi je joue ? Et pourquoi l'ordi d'ailleurs, et pas un carnet ?

Un carnet a une dernière page : je risquerais de l'atteindre avant que tu ne te réveilles.

Alie, comme tu me manques ! Alors je gamberge sur mes motivations, je fuis déjà. Je tergiverse. Je refuse.

Tu sais quoi ? Peut-être que c'est Mazo qui a raison. Elle n'a pas pu entrer hier dans ta chambre. Je ne te raconte pas ça pour balancer mais au cas où… Où tu te serais rendu compte de son absence. C'est ça que je pensais, autant l'écrire : cet espoir fou que tu sois avec nous. Même tubée, allongée. Mazo a le droit de ne pas se coller sur la rétine et sur le cœur ces tuyaux qui te sortent du nez et de la bouche, ces machines. Au moins, elle est là. Peut-être que la nuit dernière elle n'a pas fait de cauchemar, elle. Je sais qu'elle souffre, et toi aussi, tu le sais. Elle t'aime tellement.

Elle nous aime tous tellement. On s'aime tous tellement.

Donc, forcément, l'histoire va bien se terminer, dis ?

Dis…

Dimanche 26 mars, plus tard

Putain, Alie, faut être con pour écrire un sms en traversant ! Et quand le bonhomme est rouge, en plus ! Encore une fois, t'as pensé qu'à ta gueule ! Je te déteste !

Tu es la reine des connasses, tu sais ça ?

Dimanche 26 mars, encore plus tard

Je suis désolée, je ne voulais pas écrire ça. Enfin si, j'en avais besoin. Mais je ne le pense pas vraiment. En tout cas, je ne te déteste pas. Mais ça, tu le savais déjà…

Et tu n'es pas la reine des connasses non plus. Tu es notre reine tout court.

Samedi 1er avril

Cet après-midi, on est revenus à Lille. On ne va pas te lâcher comme ça, fais-moi confiance. Je veux croire que tu as senti les lèvres de Solal sur les tiennes. Mazo, elle, est restée dans le couloir. Tétanisée, comme samedi dernier.

Aucune amélioration. Clovis m'avait prévenue. Il m'a appelée dans la semaine. Je suis la seule dont il a le numéro : Solal a bousillé son téléphone quand il a su que tu avais eu un accident en consultant le tien, et il ne s'est pas encore occupé de le faire réparer ou d'en acheter un autre. Il est comme toi, il a la tête ailleurs.

Je suis cynique, excuse-moi.

C'est juste que c'est si dur d'entendre ce que Clovis me raconte et de le répéter aux autres. Les médecins affirment que ton état est inquiétant, mais stationnaire. Qu'ils ne peuvent pas mesurer encore les séquelles. Ils sont juste certains qu'il y en aura.

Alie, ma belle, mon amie, ma biatch d'amour, tu loupes tous tes castings en ce moment. Faut sourire pendant les prises, faut bouger ton corps, faut regarder la caméra quand elle te fixe. Même si c'est celle d'un scanner ou d'une IRM.

Sinon, quoi de neuf ?

Hé, t'inquiète, j'y arrive !

Louis et Beverly ont passé leur oral d'anglais. Je ne suis pas inquiète pour eux, ils ont assuré. Beverly n'était même pas stressée, tu te rends compte ? Elle est comme nous, elle sait désormais qu'il y a pire dans la vie.

Fucking worse.

Bon, je pourrais t'ajouter quelques lignes sur tout ce qui se raconte à ton sujet, sur ton état de santé, sur ce que tu fichais sur ton téléphone quand tu as été renversée, mais je ne suis pas certaine que ça t'amuserait. La connerie à ce point-là, ça donnerait plutôt envie de pleurer. Pas besoin de ça, on est d'accord ?

État stationnaire… Nous stationnons tous, en ce moment, tu sais. C'est ça, l'amitié. Nous attendons au bord de nos vies que tu nous rejoignes, pour nous remettre en route.

Lundi 3 avril

Allez, on ne s'est jamais menti, toi et moi. Ou à peine, des mensonges par omission. (Comment t'avais pu sortir avec Gabin et Jérémy en même temps ? Nous faire croire que nous n'étions pas invités à la soirée de Benjamin ? Oui, j'arrête. Oui, tu en as marre que je ressasse toujours les mêmes reproches. Je t'assure que je t'ai pardonnée. Tu as tellement changé depuis. Moi aussi… Je perds le fil… et le reprends donc.) Alie, aujourd'hui, il faut que je t'écrive les yeux vides de ton père, les larmes de ta mère, la démarche de pantin de Clovis, ton frère. Ta petite sœur qui parle sans arrêt dès qu'elle est dans ta chambre d'hôpital. Ce serait bien que tu ne t'y attardes pas trop, ce serait plus facile pour elle. Ce serait plus facile pour nous tous.

Mercredi 5 avril

Solal se mure dans le silence. On ne peut même pas lui envoyer de sms, il n'a toujours pas de téléphone portable. Sa mère m'a glissé qu'elle l'avait fait réparer. Seulement, il refuse d'y toucher. Comme si le téléphone était responsable… Comme si quelqu'un était coupable. On a déjà tous traversé sans regarder. Solal a même déjà décroché en conduisant sa mobylette, je l'ai vu.

Non, t'as pas été super sérieuse ce jour-là. Mais tu devrais quand même avoir droit à une session de rattrapage.

Je sais que tu voudrais que je veille sur Solal, et j'essaie, je te le jure. Seulement, il se laisse à peine approcher. Il en deviendrait presque agressif. Attention, je ne critique pas. Je constate, c'est tout. Lui qui n'était déjà pas bien épais maigrit à vue d'œil. Sa mère m'a raconté aussi qu'il refusait d'aller au tennis, qu'il ne touchait plus à sa console de jeux. « Il se punit », m'a-t-elle affirmé. En même temps, je comprends qu'il n'ait plus envie de passer son temps à faire jaillir de l'hémoglobine sur son écran de télé. Nous essayons de lui parler, de lui remonter le moral, mais il ne nous permet pas d'arriver jusqu'à lui.

Je te jure, je voudrais te fournir un récit plus positif. Je t'assure aussi que je ne vais pas lâcher le morceau. T'as pas besoin de me rebattre les oreilles (oh si, parle-moi !), je sais que ton chéri est l'amour des amours. Nous allons tous veiller sur lui et, un jour, il va se libérer.

Pour parler d'autre chose, j'ai vu Salomé aujourd'hui. Mon Dieu, Louis est célibataire, je réalise que tu n'es même pas au courant ! Tu te rends compte, leur belle histoire, c'est fini. Il nous a raconté d'une voix très froide, détachée, qu'elle l'avait quitté quasiment au moment où tu te faisais renverser. Il l'a compris après. Elle m'a affirmé qu'elle avait besoin de faire le point, que tout était allé trop vite. Trop vite ? Ça fait un bout de temps qu'ils étaient ensemble, ces deux-là, quand même. Et il me semblait que, même s'ils étaient différents, ils étaient en harmonie, non ? Mazo a sa théorie sur le sujet : elle pense que Louis s'est trop exposé, au goût de Salomé tout au moins, quand il a soutenu Océane. Peut-être que oui. Tu te souviens de notre tête quand on a appris que c'était elle, la Brésilienne ? Et, en même temps, c'est tellement Louis de réinventer même son dépucelage.

« Tu te souviens de notre tête »… Et si, à ton réveil, tu ne te souvenais de rien ? Pourquoi je tremble comme une feuille, là, tout à coup ?

Jeudi 6 avril

S'il n'y avait pas eu ce samedi maudit, j'aurais sans doute cherché à comprendre Salomé. Je l'aurais écoutée avec assez d'attention pour qu'elle lâche tout ce qu'elle a sur le cœur, qu'elle respire un bon coup et qu'elle retourne vite se blottir dans les bras de Louis.

Mais là, tandis qu'elle me livrait sa version de leur rupture, j'entendais ta voix sur la sienne. Tes commentaires sarcastiques quand tu as appris que Louis sortait avec elle. « Comme si Mark Zuckerberg se tapait une altermondialiste allemande, végétarienne et poilue sous les aisselles. » La formule était cruelle, mais juste. Et pourtant, ils allaient si bien ensemble. Louis semblait si heureux !

Là, il survit. Il respire, il mange, il vanne. L'humour noir est son exutoire. Nous en faisons tous les frais, mais ce n'est pas grave. Je crois même que je commence à apprécier la giclée de vinaigre qu'il verse sur nos plaies.

Ce soir encore, Clovis m'a appelée. Il voulait me donner des non-nouvelles, comme Louis les nomme désormais. Coma. Respiration artificielle. Aucune réaction. Rien de neuf sous le scanner.

Ton frère partage avec moi le chagrin de tes parents, l'hébétude de ton père. La conductrice de la voiture a souhaité les rencontrer. Ils ont refusé. Trop tôt. Inutile. Ils n'allaient quand même pas lui conseiller de passer chez Midas vérifier ses freins. Voilà que je réagis comme Louis. Franchement, qu'est-ce qu'elle pouvait leur dire ? Espérer ? Elle n'est peut-être pas en tort, mais c'est elle qui a transformé leur fille en légume.

Oh, mon Alie chérie, c'est toi que je viens de traiter de légume ??? Non, Alie, non. Pardonne-moi. C'est Clovis. Enfin, ce qu'il a dit à la fin de notre conversation. Les médecins pensent que ton état ne changera pas, qu'il faut te transférer dans un centre de convalescence longue durée.

Mon Dieu, Alie, ça veut dire quoi, longue durée ???? Tu es en vie, oui ou merde !? Sinon ils débrancheraient cette saloperie de machine et ils te laisseraient partir, non ? Ils auraient coupé le contact depuis longtemps, non ? Tu ne trouves pas ? Un peu faiblard, leur scénario.

Ils nous ont demandé d'être patients, ils ont joué les « raisonnablement prudents qui ne pouvaient rien promettre », mais ils ont quand même bien entretenu nos espoirs. Et maintenant, ils veulent te transférer à Berck-sur-Mer, au bon air iodé. C'est sûr, tes parents vont demander une chambre avec vue sur la mer, au cas où ça te pousserait à ouvrir les yeux pour l'admirer !

Oui, je suis en colère, vulgaire et cynique. Je tourne mal, il faut que tu reviennes.

Ce que je voulais t'écrire, surtout, c'est que je sens au détour d'une phrase que Clovis se confie. Il me répète parfois en boucle : « C'est dur, c'est dur, c'est dur. » Je ne peux que l'écouter et lui répondre : « Je sais. »

Samedi 8 avril

Te voir. Te toucher. Te sentir. Je ne reconnais pas ce parfum. Te murmurer des mots d'amitié. Se regarder et se sourire, tristement. Pousser Louis pour qu'il approche, lui aussi. Donner la main à Beverly. Détourner le regard quand Solal t'embrasse. Et retrouver Mazo. Elle n'est toujours pas entrée dans la chambre, elle ne peut pas.

À force, ça commence à m'énerver : pourquoi elle fait tout ce trajet si elle sait qu'elle n'ira pas te voir, bon Dieu !? « Si on n'est pas là pour elle, comment elle peut s'en sortir ? » Voilà ce qu'elle m'a répondu. Je suis restée les bras ballants. Je comprenais, et non, je ne comprenais pas. Louis lui a signalé qu'elle devrait prendre un peu sur elle parce que, pour nous aussi, entrer dans ta chambre est difficile. Solal lui a demandé de la laisser tranquille, et ils se sont engueulés, un peu, mais pas longtemps.

Parce qu'on ne peut pas se fâcher avec Solal en ce moment. Et parce que, durant ces quelques secondes où il a défendu Mazo, nous avons retrouvé notre Solal d'avant.

Samedi 15 avril

Ce matin, en m'habillant, je me suis demandé ce que j'allais mettre pour venir te voir. J'ai opté pour mon pull noir, celui que tu aimes tant. Puis une garce de petite voix m'a rappelé que, de toute façon, tu ne le verrais pas. Je lui ai dit de la fermer. Mais elle s'est mise à chanter plus fort. Alie, je n'ai pas le droit de douter. C'est interdit par notre loi. Mais que c'est dur de rester dans les clous. (Non, « rester dans les clous », ce n'est même pas de l'humour.)

T'as pas vu mon petit pull. T'as pas vu Mazo devant la porte, t'as pas entendu ta sœur, t'as pas senti le nouveau parfum de Louis. Nous avons essayé d'être vivants, là, tous autour de toi, mais nous n'avons pas réussi.

Je vais arrêter d'écrire. C'est débile. T'avais qu'à regarder avant de traverser si tu voulais continuer à te tenir au courant de tout.

Je confirme, je n'aurai pas tenu mon engagement un mois. Mais depuis quand j'ai de la volonté et de la détermination ? C'est à Beverly qu'il faudrait confier cette mission.

Et là oui, je t'entends, mon Alie, je te vois. Tu me colles un coup de coude et tu me murmures :

Bev' ? T'es cinglée ou quoi ?
Son récit va se résumer à une liste de devoirs
et de cours à apprendre.

Alie, tu vas déménager. Dans la semaine. Tes parents nous l'ont annoncé. Ta maman a menti d'une voix douce : « Ça sera plus facile. » Je sais ce qu'elle sous-entendait : moins de route, une structure plus adaptée, une atmosphère différente, plus douce. Mais ses yeux nous hurlaient : « Rendez-moi ma fille ! »

***

En relisant ces lignes quelques heures plus tard, je m'étonne que personne n'ait envisagé de te les prendre, ces putains de cours et ces putains de devoirs. Avons-nous tous compris que c'était grave ? Très grave ?

Mardi 18 avril

Un mois déjà. Un mois seulement ? J'ai l'impression d'avoir pris cent ans en plein dans le cœur.

Mercredi 19 avril, 6 heures du matin

Clovis vient de me téléphoner. Ta maman a été hospitalisée en urgence cette nuit. Elle a fait une crise d'angoisse en pleine nuit, elle s'est mise à trembler et respirait difficilement. Aujourd'hui, tu dois être transférée. Elle n'a pas supporté, m'a expliqué ton frère. Les médecins l'ont mise sous sédatifs, et elle va bien maintenant. Elle dort. Elle va se réveiller, et tenir, pour Clovis et Capucine, pour ton père, et pour toi.

Il ne faut pas lui en vouloir, Alie, si son corps a lâché. Moi aussi, je voudrais juste que ma poitrine se desserre, mais pour cela, il faut que tu ouvres les yeux.

Ou que les miens se ferment à jamais ?

Dimanche 23 avril – Lundi 24 en fait, il est 1 heure du matin

Je hais cet endroit. L'architecte a mis les bouchées doubles pour que ce soit accueillant. Je te le confirme : de ta chambre, tu as une vue incroyable sur la mer. Nous pourrons nous baigner cet été, tu nous entendras barboter de ta fenêtre ouverte. Non, ce n'est même pas Louis qui a sorti cette vanne désolante, c'est moi qui te l'affirme. Les murs sont peints de couleurs gaies, les affiches dégueulent de paysages paradisiaques, le personnel est souriant. Et j'avais juste envie de taguer *No future* en noir dégoulinant dans leurs couloirs. De crier à la tronche de toutes ces jolies petites blouses que ce cinéma ne sert à rien. Ils déambulent et travaillent dans un putain de cimetière ! La seule différence, c'est que les allées et les caveaux sont chauffés.

Oui, je suis vulgaire. Oui, j'en suis désolée. Deux jours que ça bout en moi, je ne veux pas, je ne veux pas que tu sois là, je veux que tu retournes à Lille, je veux qu'ils te soignent, je veux qu'ils appellent le Seattle Grace Hospital, qu'ils fassent venir le beau docteur Mamour (Ils l'ont viré de la série *Grey's Anatomy*, il a du temps libre.) et qu'il vienne t'opérer. Qu'avant, il mette tes parents et amis en garde : ça va être très compliqué, personne n'a jamais tenté cette opération, il y a un grand risque que tu y restes. Nous, nous pleurerions en chœur : « Allez-y, docteur Shepherd, opérez. » Et il te sauverait, et il irait rejoindre sa Meredith qui t'a toujours tant énervée avec ses réflexions aussi botoxées que ses lèvres.

Et toi, tu serais là.

Ah, j'oubliais : deux saisons qu'il est mort.

Mercredi 3 mai

Je viens te voir. Je suis venue cet après-midi. Mais c'est tellement difficile dans cet endroit. Au CHU de Lille, tout – à part toi – était en mouvement. Ici, il n'y a que la marée qui fluctue.

Heureusement que Clovis était là. Ton frère est différent de toi, aussi bien physiquement que dans le caractère, et pourtant je retrouve tes intonations dans les siennes, ton sourire dans les esquisses des siens. Tandis que je l'écoutais, je me suis souvenue comme mon cœur avait battu pour lui il y a quelques années, quand nous étions en seconde. Cela me paraît si lointain. Si irréel. À l'époque, je pensais savoir ce qu'était souffrir parce que mes parents s'étaient séparés. Petite joueuse que j'étais, qui se croyait dans la cour des grands. Depuis, je mets une majuscule quand j'écris Douleur.

Ton frère m'a donné des nouvelles de tes parents, de ta mère. À voix basse, comme s'il ne fallait surtout pas te contrarier. Poser quelques instants ses lourdes valises a semblé le soulager. Un peu. Ou pas. (Je ne suis pas douée en interprétation des signaux lancés par Clovis, n'est-ce pas ? Tu te rappelles la soirée au

Domaine ?!) Reste qu'une petite heure, nos peines se sont mélangées, réchauffées, pour former une légère buée presque réconfortante. Qu'est-ce qui me prend ? Comme s'il existait une douce manière de vivre le manque de toi...

Dimanche 7 mai

Mes parents sont inquiets. Oh, pas parce que la meilleure amie de leur fille est dans le coma depuis un mois et demi ou que la guerre fait toujours rage en Syrie, non.

Mon cher père et ma chère mère se sont finalement retrouvés dans une angoisse commune : mon baccalauréat.

Mon bac. La mention que je risque de louper parce que... « Chérie, il faut bien dire ce qui est, tu n'es pas très concentrée sur tes études ces derniers temps. » Non, que voulez-vous, je perds mon temps à regarder mon amie mourir à petit feu. Certes, je ne suis pas sur un écran, mais il paraît que ce n'est pas bon quand même pour mon avenir.

Mon avenir. Quel avenir ? Sans doute cette soirée ubuesque, dix jours après ton accident, où j'ai vérifié mes choix sur mon dossier sur APB. Sous contrôle parental, ma mère bien vissée sur sa chaise à mes côtés, m'invitant à réfléchir à l'enjeu de mes trois vœux d'orientation. Je le connais mon souhait, le seul qui me tienne vraiment à cœur.

Quand je serai adulte et responsable, je veux être ton amie, c'est tout.

Les potes m'ont dit que, chez eux aussi, le bac était venu se glisser sournoisement dans les conversations. Vous êtes certains, vous n'avez plus faim ? Allez, vous reprendrez bien une petite dose de « vraie vie » ! C'est comme ça que la mère de Louis a résumé la situation : d'un côté « le drame » (pas besoin de préciser), de l'autre, la vraie-vie-qui-continue. « Parce que, le jour de l'épreuve, il ne faut pas te louper. »

Je te promets, Alie, que c'est comme ça que sa mère a présenté la situation à Louis. Tu te doutes que la réponse a fusé :

— Non, maman, tu te trompes : celle qui ne s'est pas loupée, c'est Alie. Et, effectivement, elle n'a pas eu droit au rattrapage. La vraie vie se joue sur les chaussées, pas dans les salles d'examen.

Bon, elle n'a pas aimé. Pas plus que ma mère n'apprécie quand je lui réponds que je ne trouve sur APB ni la rubrique guérisseuse, ni celle d'agent de la circulation, alors que ce sont mes nouveaux projets professionnels. Notre humour les met mal à l'aise. Ils sont à l'étroit dans leur costume de parents à la fois compréhensifs (ce qu'il faut) mais attentifs (passe ton bac d'abord).

Seuls ceux de Beverly restent sereins : elle travaille toujours autant. Plus pour les mêmes raisons. Elle révise comme d'autres se noient dans le travail ou s'inscrivent à des marathons : ça la soulage. Certes, elle est plus motivée que jamais pour réussir sa médecine. C'est sa manière de conjurer le mauvais sort.

Oh, Alie, à toi, rien qu'à toi, je peux le dire : échouer au bac ne te ramènera pas, ça compliquera une situation déjà insupportable. Hors de question de déambuler une année de plus dans les couloirs du lycée Mariette. (Ou alors avec toi ? Oh, que ce serait bon de repiquer avec toi…)

Seulement, je trouve les préoccupations de nos parents étriquées et égoïstes : les tiens aimeraient tant se soucier de tes notes. J'ai parfois l'impression qu'un dôme de verre s'est glissé entre les potes, ta famille et le reste du monde. Mon père, ma mère appartiennent au reste du monde.

Jeudi 11 mai

La conductrice de la voiture a demandé de nouveau à rencontrer tes parents. Ils ont encore refusé. Il se pourrait que la démarche de cette femme ne soit pas motivée que par ses remords. Même si tu as traversé alors que le bonhomme était rouge, tu restes prioritaire, et cette femme risque donc de devoir verser une indemnisation.

Est-ce ce qui a réveillé son envie de rencontrer ta famille ? Veut-elle plaider sa cause ? Ou juste soulager sa conscience ?

Se demande-t-elle, elle aussi, si elle n'aurait pas pu partir deux minutes plus tôt ? Plus tard ?

Si elle n'aurait pas pu manquer ce funeste rendez-vous ?

Je sais qu'elle n'y est pour rien. Mon cerveau l'a intégré. Le reste, mon cœur, mes tripes, la haïssent avec une violence qui m'était jusqu'alors inconnue.

Lundi 15 mai

Zoé a peut-être renoncé à ta statue grecque dans la cour du lycée, mais pas à se mêler de ce qui ne la regarde pas. Évidemment, cette pimbêche n'a pas cherché à manifester sa fantastique empathie et ses talents de psychologue auprès de moi. Elle a donc décidé de s'approcher de… Solal.

Décidément pleine de bon sens, elle ne s'en est pas non plus ouverte à moi. Elle est suffisamment futée pour savoir que je l'aurais envoyée paître, et pour imaginer comment. C'est Mazo qui a eu droit à son approche aussi discrète qu'un poireau glissé par erreur dans une boîte de biscuits Mikado.

— Elle pense que Solal va vraiment mal et qu'il est urgent de l'aider, nous a raconté Mazo, pas convaincue, à la pause ce midi, avant que ce dernier ne nous rejoigne.

— Quels dons de voyance ! a ironisé Louis.

— Et elle croit qu'elle peut y arriver ? ai-je tranché, pas d'humeur à rire.

Je commence à en avoir assez de ces gens qui ne nous ont jamais calculés, ou pire qui te jugeaient trop vite, et qui maintenant tentent de se rapprocher.

Ils cherchent des places dans les premiers rangs du théâtre : près de la scène où le drame se joue, mais suffisamment loin pour ne pas recevoir de postillons des acteurs. (Je réalise que je ne t'ai pas raconté comment Jean m'a fait du rentre-dedans. Le beau poète ténébreux de notre classe se sent peut-être irrésistiblement attiré par le mascara qui coule de chagrin.)

Zoé, donc, est persuadée que ce serait plus facile pour Solal de se confier à quelqu'un qui ne soit pas directement « impacté par la situation ». Ce sont ses termes : une future psy, je t'assure !

— C'est par une bagnole, pas par une situation qu'Alie a été « impactée », a poursuivi Louis, d'humeur décidément sarcastique.

— Qui a impacté quoi ? a alors questionné Solal, qui venait de nous rejoindre.

Là, forcément, nous nous sommes tus. Sauf Beverly :

— Une fille de la classe d'Alie et de Léa pense qu'elle peut t'aider à aller mieux.

— Elle sort les gens du coma ? Elle répare les cerveaux ?

Silence.

— Alors qu'elle aille se faire foutre, comme les autres.

Oui, ma douce Alie, Solal copie le cynisme cinglant que Louis et toi affectionnez. Cela m'arrive aussi. C'est normal, cette armure est une protection. Quand on est complètement ravagé de l'intérieur, on fait ce qu'on peut pour que les murs tiennent.

Voilà que tu fais dans la métaphore du bâtiment...

Zoé n'est pas la seule à regarder ton mec avec des yeux de merlan frit, je suis navrée de te l'annoncer. Julie, ma copine de cours, a entendu des filles soupirer que le chagrin rendait Solal encore plus sexy. Il y en a vraiment qui ne tournent pas rond. Je te rassure, même si tu n'en as pas besoin : personne ne prendra ta place dans le cœur de Solal.

Crois-moi, j'en sais quelque chose.

Pourquoi ça, ici, maintenant, ce soir ?

Solaletmoinousnoussommesembrassésunefois. Un léger bisou.

Il y a longtemps, vous n'étiez pas ensemble. Tu étais encore avec Benjamin, j'avais oublié qu'il craquait sur toi. En tout cas d'après Soline. (Comme elle avait raison !) C'était en soirée, nous sommes sortis, nous avions bu, nous étions bien, comme deux bons amis. Et là, oui, à cette seconde, je crois que moi aussi j'ai subi son magnétisme. Solal est si solaire. Était.

Oh, bien entendu, pas question d'une histoire sérieuse entre nous ! OK, je vais être honnête. Le lendemain matin, j'étais confuse. Sous le charme. Mais Solal a tout de suite éclairci la situation : c'était un « accident », nous étions amis. Et il avait raison. J'ai très souvent eu envie de t'en parler et je ne l'ai jamais fait. D'abord, je crois que je t'en voulais d'avoir préféré à cette soirée une virée à Lille avec Benjamin. Pour être tout à fait honnête (décidément !), je crois que j'ai toujours jalousé autant que je condamnais ta capacité à nous délaisser quand tu voulais t'occuper de toi. Comme tout cela me paraît futile maintenant…

Puis tu es sortie avec Solal. Quel sens aurait pris cette confidence ? Je n'en ai aucune idée. Je sais juste que l'écrire ce soir me soulage.

Une page encore. Liras-tu un jour tout cela ? Oui, bien sûr ! Non.

Peut-être…

Mardi 16 mai

Je ne sais pas ce qui m'a pris, j'ai reparlé à Solal ce soir de notre baiser. Plus exactement, je lui ai confié que je regrettais de ne pas t'en avoir parlé.

Et là, j'ai appris que tu étais au courant depuis longtemps, qu'il te l'avait raconté dès le début de votre histoire d'amour, quand elle était encore secrète. Et que tu avais juste répondu : « Quelle veinarde, cette Léa ! Je suis contente qu'elle ait pu goûter tes lèvres avant qu'elles ne soient plus qu'à moi. »

Que, finalement, tu avais conclu sur un grand rire.

Ta tête a sans doute basculé vers l'arrière. Je t'imagine si bien !

Je réalise aussi à quel point ça a dû t'amuser de savoir ça et de me laisser croire que tu l'ignorais !

Oh, Alie, comme tu me manques… Comme notre relation me manque…

Lundi 5 juin

Ça ne t'étonnera pas d'apprendre que l'idée vient de Mazo. C'est bien son style, et c'est une chance pour nous. Il fallait toute sa délicatesse et sa générosité pour penser aux autres quand penser à soi est si compliqué.

Tes dix-huit ans… Dans trois semaines…

Nous y songions tous, et personne n'osait en parler. Il faut dire que tu nous saoulais depuis des mois avec la grande fête que tu allais organiser pour l'occasion ! Ça devait être le sacre de la reine Alie, comme aimait à te charrier Louis, qui te promettait de faire venir Drake pour l'occasion.

L'entendrais-tu ?

Stop. Je chasse le chagrin. Je salue l'initiative de Mazo. Pas question, bien entendu, d'organiser une soirée. Mais pas de veillée funèbre non plus.

Mazo a bien réfléchi avant de se confier à nous. Elle a proposé que nous nous retrouvions dans un endroit qui symbolise notre amitié. Beverly a tout de suite objecté : le seul endroit où nous pouvions être, c'était dans ta chambre, près de toi. Là, Mazo s'est décomposée. Ta majorité ne suffira pas à lui faire franchir le seuil de sa peur. (Elle a renoncé, et n'est même jamais venue jusqu'au centre. Mais on s'en moque, vraiment, on s'en moque. Ça a été dur au début, mais maintenant nous respectons.)

J'ai volé à son secours. Nous n'allions pas organiser une soirée dansante, mais nous n'allions quand même pas célébrer notre Alie dans un espace médical. Louis a proposé le *Cornet d'amour*, moi, l'appartement de ma mère.

Et Solal est intervenu. Il nous a rappelé le jour des résultats du brevet, quand nous étions tous allés nous baigner sous une pluie battante. Nos fringues mouillées planquées sous une cabine de plage.

C'est sur cette même plage que nous nous retrouverons le 24 juin.

Moi, j'ai imaginé que nous ne serions que nous six, toi et nous, mais Mazo a proposé d'inviter Ève, ta copine-sirène. Louis a pensé que quelques personnes de ta classe seraient sans doute contentes d'être là aussi. Nous avons donc décidé d'en parler à ceux pour qui tu comptais. J'ai proposé Clovis et Capucine, et ils ont tout de suite été plébiscités.

Oh, Alie, il faut que je te raconte quand même… Beverly a proposé qu'avant de nous retrouver à la plage, nous allions tous donner notre sang ! (Ce qui est impossible, car il faut être majeur.) Est-ce que ce n'est pas juste terriblement beverliesque comme proposition ?!?

Mardi 13 juin

C'est demain le grand jour. L'épreuve de philosophie qui va ouvrir le bal des réjouissances. Le bac…

Je suis prête, j'ai révisé. J'ai joué le jeu : annales, sujets, fiches ont été mes mots préférés ces quinze derniers jours.

OK, j'avoue : tuyaux et fuites aussi. Il paraît que l'exportation française va tomber en géo…

Alie, ces journées de révision ont été une parenthèse aussi paisible qu'inattendue. Apprendre, relire, refaire les exercices, compter les victimes des guerres du XXe siècle et oublier – non, juste mettre en arrière-plan ! – notre victime à nous. J'ai eu, pendant deux semaines, des préoccupations de lycéenne.

Ou presque.

Au bout de deux heures passées à réviser, mon cerveau bouillonne, l'envie de m'accorder une pause bien méritée s'impose. Fatiguée, je me relâche. Les réflexes reprennent le dessus, je saisis mon portable et guette ton dernier snap. Et là, mon moral dévale vingt étages en rebondissant bien sur chaque marche : notre Alie ne bosse plus que son anatomie depuis trois mois.

Dimanche 25 juin, très tôt

Nous partîmes cinq, et par un prompt renfort, nous nous vîmes cinquante en arrivant au port.

Acte IV, scène 3. À quelques zéros près.

Tu te rappelles comme nous avions sué sur *Le Cid* pour l'oral de français ? Il n'y a que toi qui y trouvais de l'intérêt, parce que c'était du théâtre et que « toute actrice digne de ce nom doit connaître Corneille », affirmais-tu. « Ou au moins le prétendre ! » ajoutais-tu dans un éclat de rire.

Je te confirme, ton anniversaire a été une vraie pièce tragi-comique, Corneille a du souci à se faire. Difficile de te transcrire l'atmosphère. C'était triste et doux, joyeux et picotant.

Nous étions… je n'ai pas compté. Nous étions nombreux. À tel point que la police a été alertée et qu'une patrouille est venue voir ce qui se passait. Des jeunes qui se regroupent, de nos jours, ça éveille la suspicion des voisins… Les agents ont été touchés en apprenant que c'était pour toi. L'un d'eux était dans la voiture envoyée sur place le jour de l'accident, il semblait particulièrement ému.

Benjamin était là. Je ne sais pas qui l'a prévenu. Solal l'a dévisagé un peu bizarrement, mais ton ex ne s'est pas dégonflé et est venu lui serrer la main. Solal a presque eu du mal à relâcher la sienne, du coup. Ces deux-là se comprennent.

Ève est venue accompagnée de tout ton club de natation. Et donc d'un autre de tes ex : le beau-si-beau-Jérémy. (Non, Gabin n'était pas là ! Ne nie pas, tu allais demander !)

Nous nous sommes installés sur le sable. Nous avions amené à boire et de quoi grignoter. Nos réserves ont vite été épuisées, mais beaucoup étaient venus avec une bouteille ou un paquet de biscuits, donc nous n'avons manqué de rien. Oh, Alie, comme me voilà terre à terre quand je voudrais réussir à t'écrire les éclats de rire, les yeux humides, les embrassades, les souvenirs fredonnés. La plage résonnait de « Tu te souviens du jour où ? », c'était à celui qui avait la meilleure anecdote. Je crois que Capucine en a appris beaucoup sur sa grande sœur en quelques heures. Elle était ravie de vivre ces moments par procuration et laissait parfois échapper un soupir mélancolique. Qui veillera sur elle quand elle sera ado à son tour ? J'ai eu l'impression que c'est la question qu'elle se posait du haut de ses douze ans.

Je connais la réponse : nous.

Pour la première fois depuis ce samedi maudit, Solal a essayé, vraiment. Il a tenté d'être avec nous, de partager. Il a accepté que Mazo le prenne par le bras. Une minute, pas plus, mais c'est déjà ça. Il a reçu les mots compatissants de ses copains, il a écouté son Alie reprendre vie dans les récits de chacun. Pour autant, sa bulle n'a pas éclaté. Il reste inaccessible.

Clovis, Mazo et moi avons beaucoup discuté, nous nous sommes tus, aussi, durant de longs moments. Tu étais là, blottie dans nos silences, et c'était si doux.

Il faisait déjà nuit quand les premiers sont partis. Ève a fondu en larmes dans mes bras. Oh là là, je ne savais pas quoi faire. « C'est pas fini ! l'a consolée Jérémy, notre sirène va se réveiller. » Et sa camarade de ligne d'eau lui a souri.

Nous sommes restés à huit sur la plage : ton frère, ta sœur, tes potes et toi… Difficile de se séparer. Pour lutter contre la baisse de température et de moral, nous nous sommes serrés les uns contre les autres. Seulement, ça ne suffisait pas. J'avais les yeux à marée haute, j'entendais Beverly renifler.

— Vous vous souvenez comme il pleuvait le jour des résultats du brevet ? a demandé Louis.

— Oui, a répondu Solal. Et nous nous sommes quand même baignés.

— Parce qu'il n'y avait pas d'orage ! a tenu à préciser notre toujours sérieuse Beverly.

Alors j'ai lancé :

— Chiche ?

Et ils se sont exclamés en chœur :

— Chiche !

Pas sûr que tes parents auraient apprécié que ta sœur nage en mer dans le noir. Pas sûr non plus que Clovis et Capucine leur aient raconté.

Lundi 26 juin

Ne pas te répéter toutes ces phrases prononcées au passé au cours de la soirée de tes dix-huit ans, les tentatives maladroites pour se reprendre et conjuguer l'espoir : Alie EST – pas était – si belle, si drôle, si vivante…

La mâchoire de Solal qui se crispe chaque fois, et Louis qui finalement craque et annonce qu'il vire le prochain qui utilise le passé en parlant de toi. Le malaise qui flotte.

Puis Ève, qui vient poser sa main sur son épaule.

— Virer quelqu'un d'un espace ouvert, ça va pas être facile, mais tu as raison, l'imparfait, ça ne colle pas du tout avec notre Alie.

Elle est chouette, cette fille.

Mercredi 28 juin

C'est le premier jour des soldes.

C'est le premier jour des soldes, et tu n'es pas là ???

Mercredi 5 juillet

Je te dois, mon Alie, le récit de cette ultime matinée à Mariette. L'effervescence autour du panneau d'affichage. Apparemment, beaucoup ont préféré cette manière, plus traditionnelle et collective qu'Internet, de découvrir les résultats.

Le stress de notre Beverly. Je t'assure : Beverly. Et elle ne s'inquiétait pas de la mention qu'elle allait décrocher, non. Elle redoutait d'aller au rattrapage. Soudain, toutes ses copies étaient mauvaises. Je ne laisse pas durer le suspense : mention très bien avec 18,2 de moyenne générale. Tu n'es pas étonnée, je le sais.

Le soulagement, il est vrai, quand j'ai lu à côté de mon nom : mention bien. Tout comme Louis. Solal n'en a pas eu. Mazo semblait très satisfaite de sa mention assez bien. Elle était, tu t'en doutes, très contente pour nous.

Nous avons assuré et rassuré nos parents.

Ton nom, Alie oh mon Alie, n'avait pas été enlevé de la liste. *Abs* : voilà comment ils résumaient ces derniers mois. Je n'ai pas pu étouffer ma surprise en le découvrant. Beverly a accouru. Elle a craqué. Trop de pression, sans doute, et une joie coupable à la découverte de son résultat.

— C'est pas normal, pleurait-elle, c'est pas normal. Alie devrait être là.

Solal l'a fixée. J'ai eu l'impression qu'il hésitait une seconde : il semblait prêt à la serrer dans ses bras – ce geste consolateur qu'il a si souvent eu envers chacune de nous. Puis il a détourné le regard. Mazo et moi avons entouré Beverly, mais notre digue n'a pas résisté.

Des regards gênés se sont détournés de notre groupe. Cinq bacheliers assommés de chagrin, ça détonnait.

— On va y aller. On va au centre, a proposé Mazo.

Et nous l'avons tous regardée, complètement estomaqués.

Tu es sûre ? ai-je été très tentée de demander. Mais je me suis tue. Elle semblait déterminée, et j'avais ~~très envie~~ besoin d'être avec toi. Nous voilà donc tous partis, serrés dans la voiture de mon beau-père, mon Uber préféré et gratuit.

Il était 11 h 30 quand nous sommes arrivés, et les visites ne commencent qu'à 13 heures.

— Votre amie est avec l'ergothérapeute, s'est justifiée l'hôtesse d'accueil.

— Mais nous, on vient d'avoir le bac… a plaidé Louis avec un sourire charmeur.

Elle a cédé, nous sommes montés. J'aurais dû noter que Mazo était derrière nous tous. Tandis que nous patientions devant la porte de ta chambre, ses jambes se sont mises à trembler.

— Désolée ! a-t-elle murmuré avant de s'enfuir.

Je voulais la rattraper : c'était maintenant ou jamais, je le sentais. Mais la porte s'est ouverte. Louis semblait partager mon avis. Tout en entrant, il a lâché :

— Si elle peut pas prendre sur elle aujourd'hui, elle pourra jamais.

Puis il a enchaîné sur un ton artificiel et tonitruant :

— Alors, princesse, fière de tes potes bacheliers ?

Voilà, cet après-midi, seule dans ma chambre, je me rends compte que je n'accepte pas, moi non plus, l'attitude de Mazo. Comment t'expliquer ? C'est comme si elle nous portait malheur en nous empêchant d'être à six. Je suis intimement convaincue qu'elle ne *peut* pas entrer. Seulement, elle nous empêche d'être de nouveau réunis physiquement, et pour ça, je lui en veux. Je n'y peux rien.

Mercredi 12 juillet

Celle-là, je ne l'ai pas vue venir : Mazo part à l'étranger. Elle a mené son projet à terme, sa demande d'échange a été acceptée. Et pas n'importe où : aux États-Unis ! En Californie !

Ta Californie, celle qui devait t'accueillir à bras ouverts avant que tu fêtes tes dix ans de carrière, affirmais-tu avec modestie ! Non je ne suis pas jalouse. Certes, je vais plus modestement aller suivre mon cursus de lettres classiques à Lille, mais j'en suis très heureuse. Je vais lire et écrire à longueur de journée, je ne peux pas demander mieux. C'est juste que… ce n'était pas ce qui était prévu. J'entretenais une colère sourde contre Mazo depuis le jour des résultats du bac, et là, elle nous file entre les doigts, ne me laissant qu'une autre forme d'absence.

Nous étions les six potes, et tout a changé en quelques mois. L'une s'est éteinte, l'autre s'est enfuie. Un se tait.

Que sommes-nous censés faire, Bev', Louis et moi ?

Mercredi 12 juillet, plus tard

Je me relis et je découvre : l'une s'est éteinte. Je bondis. Non, pas éteinte, elle n'est pas morte ! Je voulais dire endormie, assoupie, absentée. Je voulais dire vivante !

Et puis non. Je voulais dire « éteinte ». Comme une étoile qui ne brille plus.

Clovis vient de m'envoyer un sms. Il propose qu'on aille boire un verre pour fêter le bac. Je vais prévenir les autres, et ne plus en vouloir à Mazo. Elle ne peut pas entrer. Elle ne peut pas.

Lundi 24 juillet

Ce serait facile de mentir sur la date, de prétendre que je t'écris juste après avoir vu ton frère, puisque je t'ai toujours tout confié, tout de suite.

Je pourrais aussi taire mon sms à Clovis : « J'informe les autres ! » Et sa réponse : « Ça me ferait plaisir qu'on se voie tous les deux. »

Seulement, depuis quand je te mens ?

Loin de nous cacher, nous avons bu un verre à la terrasse d'un café.

Alors pourquoi je me sens si coupable ?

Parce que c'était agréable.

Parce que Clovis m'a fait rire.

Parce que nous avons peu parlé de toi, expédiant le triste bulletin de santé. « Du nouveau ? Non. » Nous connaissons maintenant le refrain par cœur.

Il m'a raconté ces vacances qui s'effacent, parce que tes parents ne veulent pas s'éloigner. Le boulot qu'il a décroché comme caissier chez Auchan, les clientes qui râlent parce qu'il ne connaît pas encore par cœur le code des kiwis.

— Qui mange des kiwis en pleine saison des pêches ? ai-je compati.

Je lui ai promis de venir acheter un cageot de nectarines, il m'a répondu qu'il ne se souvenait pas non plus du code… Je lui ai confié mes craintes : seules deux élèves de ma classe partent comme moi en lettres classiques, et nous n'avons aucune affinité. (C'est Éléonore et Flore, tu imagines…) Il m'a rassurée : Louis, Solal et Beverly ne seront pas loin. Lui non plus.

Ce dernier point ne m'a pas apaisée du tout, parce que mon estomac picotait un peu plus à chacune de ses paroles. Clovis me plaît, et je n'aime pas du tout ça, parce que c'est ton frère, parce que je suis l'amie de sa sœur. Et que cette sœur et amie qui nous lie est dans le coma. Je n'écris pas ça dans l'espoir que le ciel s'ouvre soudainement au-dessus de ma tête et que tu me lances, d'une voix de cristal accompagnée par un orgue : « Vas-y, fonce ! »

Je crois aussi que c'est toi que Clovis vient chercher quand il me contacte, même s'il n'en est pas conscient.

Depuis notre pot, nous avons échangé quelques sms.

Bon, d'accord : nous nous envoyons des messages quotidiens.

Seulement, là, il me propose d'aller au cinéma. Je fais quoi ?

Mercredi 2 août

Je me suis défilée. J'ai refusé le cinéma et je me suis blottie sur la banquette arrière de la voiture de Jean, direction le Périgord noir et ses trésors. Ma mère et mon beau-père ont été très étonnés que je change d'avis à la dernière minute, que j'accepte de partir avec eux en vacances. Un peu gênés sans doute aussi. Depuis, ils déploient une énergie impressionnante pour s'assurer que mon séjour se passe bien. La caravane de Jean est bien agencée, l'eau de la Vézère un peu froide, la pile de bouquins que j'ai emportés prometteuse : il ne m'en faut pas plus pour cette semaine au vert.

Je me surprends à me réveiller aux aurores (7 heures, n'exagérons pas non plus), et à apprécier mes balades matinales et presque solitaires. Je croise quelques campeurs, un joggeur, j'entends le crépitement d'une cafetière, j'attrape une odeur de tartines grillées. Je constate que le soleil brille, que les oiseaux n'ont pas cessé leurs chants. Que la vie continue. C'est rassurant. Alors je culpabilise de le penser, puis je me raisonne : je dois vivre. C'est ce que tu voudrais, c'est ce que tu ferais. Bana et Sayid, qui ont logé dans la caravane de Jean, s'invitent dans ces balades. Mes amis syriens sont-ils toujours en Angleterre ? Sont-ils heureux ? Ont-ils retrouvé des proches ? Moi qui croyais avoir vécu l'aventure humaine absolue avec eux… qui, forte de cette maturité, jugeais Océane quand elle avait juste besoin de compassion. Seul Louis l'avait compris… Cette année de terminale n'aura décidément pas du tout été ce que nous attendions. Je croyais avoir vécu la tourmente, nous avons appris ensuite ce que signifiait essuyer une vraie tempête. Tout allait si bien… Solal et toi formiez un si joli couple… que nous avions digéré.

Et il a fallu qu'un sms vienne tout exploser. Finalement, je comprends Solal qui ne veut plus de téléphone.

Ma mère et Jean viennent de rentrer dans la caravane. Je n'aime pas les regards curieux et compatissants qu'ils me lancent. Personne ne sait que je t'écris. J'ai failli le dire à Solal quand nous avons parlé de ce baiser avorté, mais je me suis retenue. Que veux-tu, j'ai besoin de partager un secret avec toi, ce n'est pas nouveau, n'est-ce pas ?

Vendredi 25 août

Je viens de passer trois semaines sans t'écrire et j'ai survécu. Qu'est-ce qui m'arrive ? Suis-je en train de te quitter ? Pourquoi tout est si compliqué ?

Trois semaines sans me rendre non plus à ton chevet. Certes, je cherche sans doute à éviter Clovis, mais il n'y a pas que ça.

Suis-je en train de te trahir ?

Je n'en ai pas l'impression. Je n'affirme pas cela juste pour me dédouaner. J'accepte l'inacceptable. Je commence, en tout cas. Je n'espère plus et ne tremble plus quand mon téléphone portable sonne. Je n'attends plus le coup de fil qui m'annoncerait que tu as ouvert les yeux. Je ne redoute plus celui qui signerait ton départ. Mon amie Alie est dans le coma, et je vis avec cette information.

Ce soir, nous avons mangé tous les cinq (Tous s'accorde donc avec cinq ? Décidément, je me résigne…) pour fêter le départ de Mazo. Elle prend son avion après-demain, direction Los Angeles. Elle est très enthousiaste, et nous l'étions avec elle. Elle nous a raconté sa famille d'accueil, leur piscine, les cours qu'elle va suivre dans ce programme d'échange.

Elle nous a annoncé d'une voix penaude qu'elle ne pensait pas rentrer pour Noël.

— Profite ! lui avons-nous tous ordonné.

Et elle a souri. Nous avons parlé de la rentrée, de nos logements. Beverly est déjà en prépa médecine et travaille huit heures par jour.

— C'est pas assez, je sais, a-t-elle concédé.

Et nous avons éclaté de rire avant qu'elle ne puisse ajouter un mot.

Bien sûr, tu étais dans nos conversations. Pas notre Belle au bois dormant, mais notre amie qui bouge, parle, taquine, rit. Solal nous écoutait en souriant. Nous avons récité tes grandes répliques :

« Alie comme Aliwood ! » nous affirmais-tu quand tu parlais de ta future carrière.

Louis nous a rappelé ta tête quand tu avais appris que ta première audition était pour… un cadavre. Il t'a parfaitement imitée, c'était drôle et horrible à la fois.

Tandis que nous sortions, Mazo a attrapé ma manche. Les yeux humides, elle m'a questionnée : est-ce que je lui en voulais de ne jamais être entrée dans ta chambre ?

— Non, pas vraiment, je lui ai répondu. Tu gardes l'image de notre Alie en mouvement. Tu es la seule, veinarde, ne la perds pas.

Je le pense vraiment, tu sais. Parfois, je l'envie d'avoir eu ce réflexe de survie. La digue a lâché. Elle a essuyé son émotion d'un revers de manche et m'a arraché une promesse :

— S'il se passe quoi que ce soit… dans un sens comme dans l'autre… tu me préviens.

— Oui.

Ce n'était pas une promesse en l'air, j'en étais consciente, et en même temps je n'avais pas l'impression de m'engager. J'ai intégré l'idée que tu dormais. Que tu incarnais de grands personnages solitaires derrière tes paupières closes. C'est douloureux. C'est comme ça.

Et je suis convaincue maintenant que tu vas tenir ce rôle quelques saisons.

Mardi 29 août

Ton frère me propose que nous nous retrouvions dans le train pour mon premier départ vers Lille, dimanche soir. J'ai envie de le voir. Je vais refuser, je crois.

Mercredi 6 septembre

Il n'y a qu'une photo sur le mur de mon petit studio. Elle a été prise en classe de quatrième, lors de notre voyage scolaire à Paris. Un petit bout de la Dame de fer qui a bien du mal à s'imposer derrière nos visages hilares. J'ai hésité avant de la fixer. Sûrement parce que, comme sur toutes nos photos de groupe, on ne voit que toi. L'objectif n'a jamais su te résister.

Rien d'autre ne rappelle ce que j'ai laissé à Boulogne-sur-Mer. Pas de dessin de mon petit frère, pas de table de cuisine en formica récupérée chez mes grands-parents. La location était meublée, et ça m'arrange.

Quand je suis ici, je ne suis plus là-bas.

À la fac, je ne suis plus (seulement) ton amie.

Ce midi, je discutais avec quelques frais bacheliers aussi perdus que moi. L'un d'entre eux a sorti un truc très drôle, et j'ai éclaté de rire.

De rire !

Sans me ressaisir tout de suite, sans vérifier si l'on m'observait. Ici, dans cette nouvelle vie, je peux être heureuse, et cela ne choque personne.

Je ne le suis pas. (Était-ce nécessaire de le préciser ? Sans doute, si je l'ai fait…)

Je le suis, un peu quand même. C'est compliqué, la fac, c'est déroutant.

Vendredi 8 septembre

Et voilà, j'ai évité Clovis à l'aller dimanche, et je le retrouve, par hasard, dans mon train du retour.

OK, il n'y a pas tant de trains que ça qui partent pour Boulogne-sur-Mer le vendredi soir de la gare de Lille, j'avais des chances de le croiser. Mais nous étions dans la même voiture de TGV. Un signe ?

Nous avons discuté tout le trajet. Le hasard n'étant pas allé jusqu'à nous placer côte à côte, il est d'abord resté debout dans l'allée près de moi. Ça a dû lasser ma voisine, qui lui a cédé sa place. Ton frère m'a rassurée : je vais m'habituer aux rames de métro bondées le matin, aux informations introuvables à la faculté, à l'anonymat de l'amphithéâtre. Sur ce dernier point, il ne m'a pas convaincue : il est en école post-bac, il ne sait pas ce que c'est que d'entrer dans une salle de cours aussi grande (ou presque) qu'une salle de concert.

Sauf que ce n'est pas Drake sur scène.

Je l'ai charrié en lui rétorquant que, pour un étudiant habitué, il rentrait quand même tous les week-ends. Il a rétorqué qu'il espérait me voir. Ce soir ou dimanche soir. Son ton était ironique, difficile de savoir s'il était sincère ou pas. Puis il a ajouté :

— Voire les deux si ma bonne étoile veille sur moi !

Et un silence a accueilli l'émotion qui nous a saisie. L'étoile, ça ne peut être que toi. Même si tu es clouée sur ce lit d'hôpital, Clovis et moi te prêtons apparemment les mêmes pouvoirs… Nos voisins de rame ont soupiré de satisfaction : enfin, nous nous taisions. Clovis m'a souri. Et les remparts bâtis cet été dans le Périgord, cimentés avec la marmaille paternelle par le sable des plages du Sud, se sont fissurés.

Ton frère me plaît toujours, et je crois que c'est réciproque.

— À dimanche, j'espère, m'a-t-il murmuré alors que nous arrivions à Boulogne.

J'ai l'impression que je vais passer ce week-end à attendre sa fin. À moins que je ne le croise dans ta chambre demain.

Dimanche 10 septembre

Ton frère n'était pas là. J'ai croisé Beverly en te rendant visite, mais pas Clovis. Et je m'en suis voulu : comment pouvais-je être déçue alors que j'allais te voir ? Je peux être triste, pleine d'espoir, démotivée, mais pas déçue parce que c'est toi qui es là… Alie, je perds le nord.

Pas de Clovis non plus dans le train ce soir.

Dimanche 1er octobre

Retour dans mon studio après un week-end réconfortant chez ma mère. Jean m'a emmenée faire un tour sur la moto qu'il vient de s'offrir. Ça m'a rappelé mes virées à mobylette avec Solal quand nous étions en seconde. Le monde nous appartenait, nous pouvions le changer. J'en étais convaincue.

Ce soir, je manque cruellement de convictions. Je vais retrouver demain l'immense amphithéâtre plus imprégné de déodorant que de grande littérature. Je vais m'asseoir près de ces nouveaux copains avec qui je ne partage rien, à part la peur de me retrouver seule.

Tu te souviens, tu disais que tu redoutais aussi cette solitude, quand tu pensais partir à Paris.

Il est sans doute indécent de t'écrire que la fac, c'est dur. Que la vie d'étudiante, ce n'est pas tout ce que j'avais fantasmé. Que c'était très confortable de mettre les pieds sous la table en rentrant le soir, sans me préoccuper du menu : je le réalise. C'est pourtant ça qui me noue la gorge. J'ai toujours voulu jouer à la grande – le costume est trop large pour moi.

Au moins, nous avons pris le train à quatre. Beverly a travaillé pendant tout le trajet. Louis semble bien intégré dans sa classe prépa. Solal ne s'est pas montré très loquace. Je crois qu'il se plaît dans son BTS. Aussi bien que Solal peut se sentir.

Allez, j'arrête, ça ne sert à rien.

Tu me manques.

Mardi 31 octobre

Presque un mois sans t'écrire, j'espace de plus en plus ces rendez-vous. Je me protège. Je me retiens de mettre les doigts dans la plaie et de triturer. Je m'habitue. À tout. À ton coma, à la faculté. À ces nouveaux amis.

Hier, nous avons improvisé une petite soirée chez Louison, une fille qui vient de Dunkerque. Spaghettis et bières, on verra pour l'équilibre alimentaire plus tard. Ah, j'oubliais : et clopes. Oui, je fume. Un peu.

Bref…

Fatiguée et alcoolisée, j'ai baissé ma garde et je leur ai parlé de toi. Une petite anecdote de rien du tout, toute légère et drôle, qui m'a valu deux questions :

— Ta copine s'appelle Alie ??? (Eh oui, ça étonne encore. J'ai géré.)

— Elle fait quoi comme études ? (Là, je n'ai pas contrôlé du tout.)

Les larmes ont gagné, elles ont tout ravagé sur leur passage. Quelques minutes ont été nécessaires pour qu'enfin j'arrive à expliquer que tu étais inconsciente.

— Ah bon ! J'ai eu peur, j'ai cru qu'elle était morte, vu ta réaction ! s'est exclamé Maxime, un mec de cette bande qui n'en est pas une.

Avant de réaliser sa connerie.

Maxime commençait à me plaire. Et j'aimais cette idée qui m'éloignait de Clovis. Je ne te l'ai pas écrit plus tôt. Pas par pudeur, respect ou tout autre grand sentiment, non. Simplement parce que je me libérais, je tentais de me détacher de toi. M'accorder le droit de ne plus te rendre compte de mes faits et gestes, c'était revenir à la vie. Mais ça ne marche pas comme ça, parce qu'il suffit d'une porte entrouverte pour que le chagrin revienne envahir tout l'espace.

Maxime ne me plaît plus. Il est maintenant celui qui a sorti cette phrase idiote.

Plus tard

Je viens d'avoir Louis au téléphone. Je l'ai questionné : est-ce qu'il parle de toi à ses nouveaux camarades ? Est-ce qu'il se sent comme les autres ? En discutant avec lui, j'ai réalisé qu'il avait un train d'avance sur moi : il ne croit plus à ton réveil.

Il pense souvent à toi, tu lui manques, mais tu n'es plus là.

J'ai d'abord eu envie de l'insulter : si nous, nous renoncions, c'était fichu ! Sur qui pouvais-tu compter ?

Et puis je crois que je l'ai envié.

Jeudi 23 novembre

J'ai très envie de détruire tout ce texte. D'accepter qu'il ne sert à rien, que tu ne le liras pas et que je ne le relirai pas. J'avance, et le manque de toi s'est installé ailleurs. Dans une robe aperçue en vitrine qui t'irait très bien. Dans la démarche d'une fille qui te copie sans t'avoir jamais connue. Dans une conversation gênée avec Ève, croisée dans une rame de métro bondée.

Je vais quand même garder ce récit de ces mois d'horreur. Je vais me laisser la possibilité, le droit d'y revenir.

Alie, me pardonneras-tu de penser un tout petit peu moins à toi ?

Jeudi 14 décembre

Alors là, Alie, bravo : tu y es arrivée ! Tu es la seule personne sur cette Terre capable de rendre tes amis furieux alors que tu es dans le coma depuis des mois ! Félicitations, championne !

Des mois que je refoule mes sentiments pour ton frère, que je refuse de répondre à ses avances. Tu comprends, ce n'est pas possible, nous avons un bien trop gros malheur en commun, le chagrin n'est pas un bon ciment de couple.

Pourtant, il me plaît. Maxime n'y pouvait rien, sa phrase maladroite n'a été qu'un prétexte. Clovis m'a toujours plu. La preuve, il y a quelques années, il m'a même tourné la tête. Je m'étais alors mangé le plus beau râteau de ma vie. Chaque fois que j'y pensais, je rougissais encore. De colère, de honte, ou d'un mélange des deux. Mais, depuis ton accident, ce grand moment d'humiliation ne s'imposait plus quand je voyais ton frère. Je pensais surtout à toi. Je me convainquais : tu aimais l'idée que nous nous soutenions l'un l'autre.

Tes potes, ton frère… Aucun de nous ne serait resté debout après ton accident s'il n'avait pas pu prendre appui sur les autres. Et puis nous avons assimilé l'impossible. Nous nous sommes remis en marche, tout doucement. Nous nous sommes éloignés, gardant un œil vigilant et affectueux sur chacun d'entre nous.

J'ai beaucoup écrit à Mazo sur Clovis. Je crois qu'elle aussi a été un peu choquée au début à l'idée qu'il se passe quelque chose entre lui et moi. Comme si nous partions sur de mauvaises bases, sur un malentendu. Et puis son discours a changé, elle m'a encouragée à le voir si j'en avais envie, à écouter ce qu'il avait à me dire.

Un soir, à Lille, Clovis a tenté de m'embrasser. Nous sortions d'un bar. Je me suis écartée et, sans me retourner, j'ai foncé direction mon petit studio, ma petite photo de nous six sur le mur. Je lui ai envoyé un sms pour m'excuser. Il m'a proposé que nous en parlions une bonne fois pour toutes. Si je ne ressentais rien de particulier pour lui, autant le lui dire.

C'est sûr que lui sait le faire, ai-je pensé, les joues en feu. Avait-il pu oublier ma tentative de séduction en boîte de nuit et son rejet ? Si c'était le cas, c'est que vraiment il ne voyait en moi que l'amie de sa sœur qui partage son chagrin.

La nuit suivante, Mazo et moi avons longuement parlé, via WhatsApp. Sans s'en rendre compte, elle case de-ci de-là des mots américains dans ses phrases, avec une pointe d'accent. Je crois que les États-Unis lui vont bien. La culpabilité vis-à-vis de toi, elle connaît, m'a-t-elle martelé. Elle rêve souvent qu'elle entrouvre seule la porte de ta chambre, et qu'elle est toujours empêchée d'entrer. Mais ce n'est pas le sujet. Le sujet, c'est Clovis.

Mazo m'a poussée à y aller. J'ai envoyé un sms à ton frère.

Nous nous sommes retrouvés le long de la Citadelle. Rien de tel qu'une bonne marche pour garder ses esprits et ses distances. Je lui ai demandé de me laisser parler et me suis lancée dans un long monologue. Je lui ai rappelé l'histoire : mon coup de cœur, ma déception, ma résignation. Et puis ces sentiments qui étaient revenus après ton accident, dans tous ces moments partagés. Oui, j'éprouvais de nouveau quelque chose pour lui, c'était indéniable. La flamme s'était rallumée. (OK, l'image est niaise, mais je n'en ai pas d'autre. Tu n'aurais pas voulu que je lui dise que la batterie s'était rechargée.) Seulement, je n'étais pas prête à souffrir une fois de plus, et ce serait le cas si ça ne marchait pas entre nous.

Clovis n'est pas attaché à moi, c'est ce que je représente qui le tient. J'ai tenté de l'en convaincre en lui en apportant la preuve : il avait été très clair il y a trois ans à peine. Certes, les sentiments – les siens – peuvent changer. Mais, dans ce cas précis, il me semblait quand même que ton accident était à l'origine de ce bouleversement. Cela ne me semblait pas sain.

Pas sain, c'est comme ça que j'ai conclu.

Clovis a souri. Le silence a accompagné nos pas. Puis ton frère a commencé à parler. Il est revenu sur cette fameuse soirée en boîte de nuit.

— Tu avais froid, et tu as sous-entendu que je pouvais partager ma veste avec toi. Tu en as pris une, de veste, mais pas celle que tu espérais…

Là, je l'ai maudit de me rappeler les circonstances de mon humiliation. Ce n'était pas nécessaire, j'ai la mémoire vicieuse. Puis il a enchaîné :

— Tu ne sais pas tout. Je t'ai toujours trouvée sympa et mignonne. Le titre te fera sans doute sourire, mais tu étais ma préférée parmi les amies de ma sœur. De là à envisager une histoire avec toi ? Sache que j'ai pas eu la liberté de me poser la question. Alie ne m'en a pas laissé le temps.

Et là, il m'a raconté ce que tu sais déjà. La scène que tu lui avais faite pour lui arracher la promesse de ne jamais sortir avec moi. Un de tes plus beaux caprices, d'après lui. Oui, tu pouvais te conduire en véritable garce, et oui tu l'avais été en lui intimant l'ordre de se tenir loin de moi alors que j'osais à peine t'avouer qu'il me plaisait. Et alors que tu me recommandais chaudement de me lancer. Que cherchais-tu ? À m'humilier ou à tester la loyauté fraternelle ?

Alie, c'est tout simplement dégueulasse.

Alors oui, peut-être que c'était il y a longtemps, que tu n'es plus la même. Solal et le coma t'ont changée, c'est indéniable. Pourtant, cette mise au point avec Clovis m'a rappelé ce que le chagrin avait effacé.

Ton pauvre frère était très embarrassé par ma colère, il regrettait à la fois son allégeance passée à la reine Aliénor et sa fraîche trahison. Mais je l'ai vite rassuré : tu avais un irrésistible pouvoir de persuasion, il était difficile de te résister, j'en avais aussi fait les frais.

Alie, je sors avec Clovis et je t'emmerde !!!

Lundi 1er janvier

Finalement, rien ne change : je suis super en colère contre toi, décidée à ne plus jamais me laisser avoir, et le manque de toi se fait sentir, douloureusement.

J'ai réuni un conseil des potes hier après-midi, Mazo était même en direct sur l'iPad de Louis, pour leur annoncer que je sortais avec Clovis. Leur bénédiction m'était indispensable. J'avais prévu d'argumenter en leur racontant le poignard que tu m'avais planté dans le dos, mais je n'en ai même pas eu besoin. Ils ont tous été contents pour moi. Beverly a trouvé ça « un tout petit peu étrange », mais « pas étonnant ». Solal m'a confirmé que Clovis était un chouette type. Louis m'a dit que tu aurais sans doute protesté, puis abdiqué.

Alors j'ai pleuré.

Puis je leur ai résumé très vite ce que Clovis m'avait appris, et ils ont souri et soupiré.

— C'est tellement Alie, nous a surpris Solal.

Lucide sur toi, ton amoureux, comme nous tous. Décalage horaire oblige, Mazo a interrompu la connexion pour retourner se coucher. Nous sommes restés tous les quatre, blottis sur les banquettes en skaï vert. Quand nous nous sommes séparés, je ne t'en voulais plus du tout.

Nous n'avons pas réveillonné ensemble. Les souvenirs de notre marche sur la plage, de votre premier baiser, de ce si bon moment ensemble, étaient encore trop brûlants. Quand j'y pense, je réalise que c'est notre dernier super souvenir à six. À six plus un avec Salomé, d'accord.

Mardi 9 janvier

Faire l'amour pour la première fois et ne pas pouvoir te le confier.

Dimanche 18 mars

Il aura fallu ce sinistre anniversaire pour que je trouve le courage de rouvrir ce document. Alie, ma belle Alie, ma douce Alie, un an déjà.

Ce matin, j'ai composé le numéro de ton portable. J'avais besoin d'entendre ta voix, pas pour déverser une bonne dose de décibels sur ma peine, mais parce que j'avais l'impression que je commençais à l'oublier.

Je viens encore te voir au centre, mais je te reconnais de moins en moins. Tu es partie, n'est-ce pas ? Les médecins le savaient, ils n'ont pas eu le courage de nous le dire. J'ai réalisé que je ne croyais plus à ton réveil en en discutant avec Clovis. C'est la seule fois où nous nous sommes disputés. Il y croit, pour toi, pour tes parents, pour lui… J'y crois encore, un tout petit peu, mais je refuse de l'admettre. C'est plus facile, Alie, tu comprends, ça me permet d'avancer.

Quand je viens au centre, maintenant, j'ai parfois plus l'impression d'accompagner Clovis que de te rendre visite. Je culpabilise et me déteste, puis je me console en me disant que tu es sans doute heureuse que je veille sur lui. Qu'il veille sur moi, aussi.

Peut-être qu'un miracle aura lieu, peut-être que ton cerveau continue de se réparer à son rythme et qu'un jour, quand tout sera prêt, tu ouvriras les yeux – lever de rideau. Et il faudra inventer un nouvel adjectif pour définir notre bonheur. « Aliesque », peut-être : un bonheur aliesque.

En attendant, je te garde au fond de mon cœur, je t'embarque dans tous mes moments de vie – à part les plus intimes, c'est ton frère ! (Quoique, parfois, je pense à toi juste après.) Je garde un œil sur Solal, je me tiens prête pour le jour où il pourra se confier.

Je voulais t'écrire encore… en ce triste jour anniversaire… que Solal, Louis, Mazo, Beverly et moi avons vécu, vivons, ce qui peut arriver de pire à une bande d'amis. Mais nous avons connu aussi le meilleur pendant ces années de collège et de lycée.

Que je suis ton amie et que je ne céderais ma place pour rien au monde.

Alie, je t'aime.

Samedi 21 avril

Alie, ma douce Alie, ma belle Alie.

J'ai vu Solal cet après-midi et, depuis, un sournois sentiment de malaise ne me lâche pas. Il m'a d'abord raconté une étrange histoire à propos d'une femme qu'il a rencontrée ce matin pendant qu'il courait entre Équihen et Hardelot. Apparemment, ils se sont assis tous les deux face à la mer et il lui a parlé de toi… Ma première réaction a été de me réjouir : enfin, il avait réussi à ouvrir les vannes. Puis, je ne te le cache pas, j'ai été un peu piquée dans ma fierté d'amie : une inconnue de quarante ans avait réussi là où nous avions tous échoué. Finalement, j'étais surtout profondément heureuse.

Non, pas heureuse, apaisée. Ses yeux délavés semblaient avoir pris la lumière. Éclaircie aussi légère que prometteuse, comme ces premiers rayons de soleil en mars qui te donnent envie de larguer tes chaussettes : tu sais que, dans tes petits escarpins, tu vas avoir froid mais que tu vas aimer ça. Une esquisse de sourire s'est accrochée au coin de sa bouche quand il m'a rappelé :

— C'est sur cette plage qu'Alie et moi nous nous sommes embrassés pour la première fois.

Bien sûr, j'avais fait le rapprochement, mais je m'étais bien gardée de lui en faire la remarque. Je ne voulais surtout pas rompre la magie. Brutalement, il a changé de sujet : il voulait tout savoir sur mes études, Clovis, mon petit frère. Comme s'il était enfin disposé à enregistrer les informations qui ricochaient sur sa mémoire depuis ton accident.

Alie, ma douce Alie, ma belle Alie, tu étais dans chaque virgule, dans chaque point d'exclamation, dans chaque point d'interrogation de cette conversation anodine. J'ai baissé la garde. J'ai apprécié l'instant. J'ai eu envie de prendre sa main dans la mienne, de la serrer très fort. Je me suis retenue. Au moment de le quitter, j'ai quand même attrapé son bras, je me suis collée à lui et je lui ai murmuré :

— Solal, ça m'a fait du bien de parler avec toi.

Il n'a pas repoussé mon étreinte. Il a tourné le visage, planté ses yeux dans les miens. Et il a lâché dans un souffle si léger que je me suis demandé si j'avais tout rêvé :

— C'est parce que je l'aime tant qu'elle doit partir.

Oh, Alie, je ne sais pas ce qu'il avait dans la tête. Enfin si, je l'imagine très bien.

Moi aussi, il m'est arrivé de me réveiller au cœur de la nuit avec cette idée : il faut te laisser t'en aller. Et tant pis si ce n'est pas dans notre direction. La princesse endormie, ce n'est pas le rôle dont tu rêvais, nous le savons tous. Quand ta mort m'arrache au sommeil, une larme s'échappe, un verre d'eau rince mes pensées, je me rendors et j'oublie. Mais jamais, au grand jamais, je n'oserais l'envisager comme Solal cet après-midi.

Alie, il ne peut pas, il ne faut pas, il ne doit pas. Il ne peut pas être celui qui te prend ton dernier souffle. Ni la loi ni votre amour ne l'y autorisent.

Alors, oui, je te l'annonce, je l'ai trahi. J'ai appelé Clovis, qui a tout répété à tes parents. Ils ont prévenu le centre. Solal n'entrera plus seul dans ta chambre. Il va me maudire, tu vas me haïr de vous voler ces heures. Mais c'est parce que je vous aime tant. D'où tu es, tu le vois, non ?

Dimanche 22 avril

Ce n'était pas vain. Tu as lu toutes ces lignes au-dessus de mon épaule. Je le sais maintenant, et je comprends enfin pourquoi et comment j'ai pu avancer. Tu me poussais d'une main discrète mais ferme.

Clovis vient d'appeler. Il a réussi à articuler que tu étais partie cette nuit dans ton sommeil. Toute seule, sans bruit, sans souffrance…

On vient de m'ouvrir en deux pour me brûler le cœur au lance-flammes. Je ne savais pas que l'on pouvait avoir si mal, moi qui pensais tout savoir du chagrin. J'ai hurlé.

Puis j'ai souri. J'ai repensé à Solal, à ce que je redoutais. Tu es partie avant, pour le protéger.

Tu es partie comme on murmure « Je t'aime ».

Expéditeur : lealouest@neuf.fr
Destinataire : mazo62@gmail.com

Mazo,

Appelle-moi quand tu lis ce message, quelle que soit l'heure. C'est important. <3<3<3

Léa

Alie

Envoyé à Solal le samedi 18 mars à 16 h 02

Tkt ! le ☼ brille,
je t'm et g les meilleurs potes du monde.
Même moi je peux patienter sans râler.
Traîne pas trop qd mê…

On pourrait dire que...

Parce que c'est trop dur de se quitter comme ça...

On pourrait dire que **Louis** a suivi son cœur et rappelé Salomé, qu'ils ont réussi à se retrouver pour ne plus se quitter, cette fois. On pourrait dire qu'ils ont eu deux garçons et une fille. Et que Solal, Mazo, Beverly et Léa sont de chouettes parrain et marraines.

On pourrait dire que **Solal** a gardé quelque temps encore un voile de tristesse sur les yeux. Puis qu'un soir il a croisé une délicate Colette. Et que, quelques jours plus tard, presque sur un coup de tête, il a poussé la porte d'un magasin de téléphonie et qu'il s'est racheté un téléphone portable.

On pourrait dire que **Beverly** a non seulement eu sa première année de médecine, mais qu'elle a aussi réussi brillamment son internat. On pourrait dire qu'elle a décidé de s'installer à Audresselles. Et qu'un jour, en se promenant sur le front de mer, zoup, elle a glissé sur un rocher et s'est tordu la cheville. Juste pour lui permettre de recroiser en rééducation un charmant kiné qui avait quitté le centre de Berck pour s'installer à son compte. On pourrait dire alors soit que la vie est bien faite, soit que Beverly a quelque part là-haut une bonne étoile.

On pourrait dire que le couple formé par **Léa** et Clovis n'a pas résisté au décès d'Alie. On pourrait dire que Léa est devenue écrivain et a rencontré un joli succès avec un quatrième roman intitulé très simplement *6 Potes*.

On pourrait dire que **Mazo** a réussi à s'installer aux États-Unis après ses études. On pourrait dire qu'elle est mariée et heureuse, mais pas qu'elle a épousé le fils de Brad Pitt, parce que là, ce serait trop, vous êtes d'accord ?

Note de l'auteur

Alie n'était pas, au début de cette série, ma « pote » préférée. Avant de me juger, rappelez-vous comme elle savait se montrer égoïste ou cruelle ! J'éprouve néanmoins une réelle affection pour elle.

Dans ce cas-là, me rétorquerez-vous, pourquoi la déquiller comme ça ?

Un jour, tandis que j'attends le tramway à Genève, j'entame la conversation avec ma voisine : un jeune vient de traverser devant nous, le nez collé à l'écran de son téléphone portable. Et cette dame me lance : « Comment leur faire comprendre que ce genre d'inattention peut leur coûter cher, qu'il n'y a pas de session de rattrapage ? » Je m'apprête à acquiescer avec toute ma conviction de mère quand elle ajoute : « Le meilleur ami de ma fille est mort le mois dernier. Il traversait en écrivant un message et il a été percuté de plein fouet par un tramway. »

Alors, s'il vous plaît, vivez, aimez, riez et textotez, mais pas en traversant la rue…

Merci à Corinne Pottier pour ses éclairages médicaux sur l'état d'Alie et à mon père, Guy Laroche, pour son aussi affectueuse qu'efficace relecture.